Dry
Lips
Oughta
Move
To
Kapuskasing

ドライリップスなんて カプスケイシングに 追っ払っちまえ

トムソン・ハイウェイ
Tomson Highway

佐藤アヤ子 訳

而立書房

ドライリップスなんて
カプスケイシングに追っ払っちまえ

Keetha kichi《ケーサキチ》 ooma《オーマ》 masinaygun《マシナイガン》, Papa《パパ》

父、ジョー・ハイウェイ（一九〇八—一九八八）に捧ぐ

「……癒しの前に、まず毒を暴かなければならない……」

ライル・ロングクロウズ

■**登場人物**（登場順に）

ナナブッシュ（ガゼル・ナタウェイズ、パッツィ・ペガマガボウ、
　ブラック・レディ・ホークトの精霊として）
ザカリー・ジェレミア・キーチギーシク*（41歳）
ビッグ・ジョーイ（39歳）
クリーチャー・ナタウェイズ（39歳）
ディッキー・バード・ホークト（17歳）
ピエール・サン・ピエール（53歳）
スプーキー・ラクロワ（39歳）
サイモン・スターブランケット（20歳）
ヘラ・キーチギーシク（39歳）

時

一九九〇年二月三日（土曜日）午後十一時から二月十日（土曜日）午前十一時の間

場所

オンタリオ州、マニトゥリン島、ワサイチガン**・ヒル　インディアン居留地

＊　「キーチギーシク」はクリー語で「天」あるいは「大空」の意。
＊＊　「ワサイチガン」はオジブウェー語で「窓」の意。

第一幕

みすぼらしい感じの、ひどく散らかっているリビング兼キッチン。現在ビッグ・ジョーイとガゼル・ナタウェイズがインディアン居留地のその家に暮らしている。壁の一面にはこれみよがしにマリリン・モンローの実物大ポスターが貼ってある。パーティーの残り物が散在し目につく。入り口に背を向けた、すり切れた古い茶色のソファに、しごくハンサムなインディアンの男、ザカリー・ジェレミア・キーチギーシクが寝ている。彼は全裸で、酔いつぶれている。舞台が明るくなると、絞られた光線がザカリーのむき出しの尻を照らし出す。次に、ソファの背後から、ザカリーの尻にかかるように、ストッキングをけだるそうに穿く、女の脚が見える。これはナナブッシュ、ガゼル・ナタウェイズの姿をした精霊である。彼女は、この家から立ち去ろうと服を身につけて、ソファやザカリーの尻の上で官能的なしぐさを見せながらくつろいでいる。次に眠っているザカリーの頭の下から、ゴム製の巨大な作り物のオッパイをそっと引っ張り出し、これを自分のむき出しの胸につける。それからナナブッシュ／ガゼル・ナタウェイズ、ソファの脇に進み、床から大きなホッケー用のセーターを拾い上げ体を揺すりながら着る。首まわりが大きく開けてあるセーターには、縫いつけた大文字のWと数字の1のワッペンが盛り上がっている。彼女は服を着終わると、ソファの後ろにすっと動き、楽しげに、悪戯っぽくザカリーの尻に身をかがめキスをする。ザカリーの尻に派手に光り輝くキスマークがくっきりと残る。ナナブッシュ／ガゼルは立ち去る前に、ザカリーが寝そべっているソファの正面にあるテレビのスイッチを、手を使わず、肉感的なヒップを突き出して押す。テレビには『ホッケーナイト・イン・カナダ』が映し出される。番組の音はごく小さく、この場面中バックグラウンド・ミュージックとなる。ナナブッシュ／ガゼル退場。

上部の舞台にある、ナナブッシュ（精霊）のとまり木に座る。舞台上の照明はテレビのスクリーンの不気味な光のみとなる。間。

キッチンのドアがバタンと音を立てて開く。キッチン・ライトが点き、ビッグ・ジョーイとクリーチャー・ナタウェイズ、登場。クリーチャーは頭の上にビールの箱を載せている。初め、二人は部屋にザカリーがいることに気づかない。ほぼ同時に、キッチンの窓の暗がりからディッキー・バード・ホークトの顔が浮かび上がる。ディッキーはビッグ・ジョーイの一挙一動に特別に関心があるのか、魅了されたように、じっと成り行きを見守っている。

ビッグ・ジョーイ　（ガゼルを呼ぶが、もちろん、家にいない）おーい、メスッコロ！

クリーチャー!、一定間隔で、ビールの箱をキッチンのカウンターにバタンと音を立てて置き、箱を引き裂いて、栓をポンと抜き、一本をビッグ・ジョーイに放る。一連の動作に伴う音が、彼の興奮気味な話し方の独特なリズムを強調する。

クリーチャー　バットマンなんてカプスケイシングに追っ払っちまえ、いや、カプスケイシングでもバットマンにゃもったいねぇさ、そうだろう、ビッグ・ジョーイ？　俺は言った何度も言ったよな、あんなことはやっちゃいけねえって、それをバットマン・マニトワビのくそ野郎、あんなことを、あいつパックと一緒にブルーラインを越えたんだぜ、畜生、あのくそパックを完全にキープしてたってのに、残り一分半で、あんなへましやがって、バットマン・マニトワビの奴、くそでっかい白人野郎の前のブルーライン越えやがって、ばかやろう、あんなくそでかい白人野郎が、なんであんな所にいなきゃならねぇんだ……

クリーチャー　おい！

ザカリー　（寝言をいう）駄目だ！

ビッグ・ジョーイ、指を一本挙げてクリーチャーに黙るよう合図する。

ザカリー　駄目だって言ってるんだ！

クリーチャー　（しゃがれ声で囁く）テレビの音じゃねえな。

ビッグ・ジョーイ　しっ！

ザカリー　……なんてこったぁ、ヘラ、お前は赤ん坊を生んだばかりだろ……

クリーチャー　本物の声みたいじゃないか、そうだろう、ビッグ・ジョーイ？

ビッグ・ジョーイとクリーチャー、ゆっくりとソファに近づく。

ザカリー　……女どもがホッケーをやる……とんでもねぇ馬鹿げたことだ……

ビッグ・ジョーイ　やれ、やれ……
クリーチャー　ありゃりゃ！（小さな声で）なぁ、あいつの尻についてるキスマークみたいの、ありゃ何だ。
ザカリー　……サイモン・スターブランケットが、あいつが俺のパン屋を手伝ってくれる……
クリーチャー　こいつ素っ裸だ、もろ出しだ、肺炎になっちまう……
ビッグ・ジョーイ　黙ってろ。
クリーチャー　カメラねえか。こりゃいい、写真撮ろうぜ。

クリーチャー、ソファの一方の端の下にポラロイドカメラがあるのを見つけて、這うようにして取る。

ザカリー　……サイモン！（飛び起きる）なんだ!?
クリーチャー　びっくりポーズ！

フラッシュの閃光。

ザカリー　やめろ、よせ。お前たちここで何やってんだ？　俺の女房は？　ヘラ！

ザカリー、自分が全裸だと気づき、前を隠そうと、鋳鉄のフライパンをひっつかみ股に当てようとして、急所を打ってしまう。

ザカリー　ウッッ！

ビッグ・ジョーイ　（笑いながら）金玉焼きは両面焼きかい、片面焼きかい、ザカリー・ジェレミア・キーチギーシク？

ザカリー　俺の家から出て行け。

クリーチャー　お前の家じゃあないんだよ。ここはビッグ・ジョーイ様のお屋敷だ、そうだろ、ビッグ・ジョーイ？

ビッグ・ジョーイ　黙ってろ。

ザカリー　出て行け、クリーチャー・ナタウェイズ。カメラよこせ。

クリーチャー　こっち来て、取ってみろよ！（床に落ちていたザカリーのズボンを拾い上げようとする）

ザカリー　よせったら。ズボンよこせ。

クリーチャー　（歌いながら）お前のけつのキスマーク、そいつが何かを物語る。

ザカリー　え？（自分の尻を見ようと身体を曲げる）ああ、なんてこった、ズボンを返せ。（キスマークをふき取ろうとすると）

クリーチャー　犬、犬、こっち、こっち、ほれ、こっち、こーい！

ザカリー、自分のズボンの端を掴み取る。ズボンは真ん中から真っ二つに破れてしまう。クリーチャーがかんだかい声をあげる。

クリーチャー　キャイーン！

一瞬、照明が嗄れ声で笑う上部舞台のとまり木にいるナナブッシュ／ガゼルを照らし出す。それを受けたかのように笑う、ビッグ・ジョーイ。クリーチャーも、くすくすと笑いながら舞台奥へ。

ザカリー　おい、これは俺のせいじゃないぜ、ビッグ・ジョーイ。

ザカリー、破れたズボンを不器用に身につける。クリーチャー、もう一枚写真を撮る。

ザカリー　俺たちはアンディ・マニギトガンのところでちょっと一杯やってたんだ。そこへガゼル・ナタウェイズがやってきた。で、あいつがバノックのアップルパイのレシピをくれるって言うから、俺はここへ来た。サイモン・スターブランケットが言ってたんだ、あれが最高だって、あのパイはビンゴ場で飛ぶように売れてたって。奴は俺がこの居留地で初めてパイを売ろうとしていることを知ってるんだ、カメラよこせ。

ビッグ・ジョーイが突然ザカリーに突進する。ザカリー、すんでのところで身をかわす。

クリーチャー　（部屋の奥で、子犬のようにはやし立てる）ヤー、ヤー。

ビッグ・ジョーイ　（ゆっくりとザカリーに忍び寄って）知ってるか、ザック、この居留地には俺の女と寝ちまう男はうんざりするほどいる。だが俺にその現場を見られたドジな野郎はそうはいねぇ。

ビッグ・ジョーイが指をパチンと鳴らすと、毎度のことながら、クリーチャーがすなおにちょこちょこ走って来る。裸でソファに寝ているザカリーの写真をビッグ・ジョーイに手渡す。ビッグ・ジョーイ、その写真をザカリーの鼻先に突きつけて。

ビッグ・ジョーイ　おめえさんのように学もある地域の実力者には、これはむき出しのけつってんじゃすまない、お恥ずかしいお写真なんじゃねぇのか、あ、ザックさんよ？

ザカリー、写真を奪おうとするが、ビッグ・ジョーイ、写真をさっとよける。

ザカリー　何が狙いだ？

ビッグ・ジョーイ　てめえ、酋長に、俺のラジオ局なんざ後回しでいい、なんて言ったらしいな？

ザカリー、部屋の中を歩き回り、一つ一つ服を探しては身につける。ビッグ・ジョーイとクリーチャー、後ろをついて回って、ザカリーの困ったようすを楽しんでいる。

ザカリー　知らないな、どこからそんな話を聞いたんだ。

ビッグ・ジョーイ　ああ、そうかい。この間の夜、ロレイン・マニギトガンがガゼル・ナタウェイズにちょっと漏らしたのさ。てめえ、インディアン居留地事務所にてめえの申請書を出したとき、「ジョーは待てますよ。ホッケーのシーズンは後三か月だけですから」って言ったんだってな。

ザカリー　そんなことは言ってない。

ビッグ・ジョーイ　ほざくな。

ザカリー　お、お、お、俺が言ったのは、俺のパン屋の雇い人が増えるってことは、アイス・ホッケー・アリーナと同じく居留地の雇用を増やすってことだけだ。お前の名前なんか一度も口にしちゃいないぜ。ちょっと参考までに……

ビッグ・ジョーイ　……おめえさんのすてきなパン屋と比べると俺のラジオ局の計画なんざ、長期的に居留地の将来を考えりゃ全然魅力がねえ、と、まあそう言うことなんだろ、ミスター揚げパン屋さんよ?

ザカリー　その話、ロレイン・マニギトガンから聞いたってんじゃないんだろ。ガゼル・ナタウェイズから聞いたのなら、争いの種をまいたのはガゼルだ……

ビッグ・ジョーイ　いいか、ザック、おめえと俺は、同じ目的のために働いている、そうだろ、なあ?

ザカリー　そうじゃないなんて言ってない。

ビッグ・ジョーイ　すべては居留地の改善と発展のためだ、そうだな？　このひでえ土地で、それでも立ち上がって何かをやろうっていう骨のある男は、おめえと俺、二人きりじゃねえか……

ザカリー　そんなことはない、ジョー。サイモン・スターブランケットだっている……

ビッグ・ジョーイ　……仲良くやってかなきゃならねぇんだ。いさかいしている余裕はねぇ。おめえが居留地評議会へ出した例の申請を延期してもらうとだな……

ザカリー　悪いが、できないな。

ビッグ・ジョーイ　（ザカリーを追いつめて）なあよく聞け、相棒。十七年前、エスパノーラでの一件だ、ああなったのは俺一人の責任だって、みんなが俺を責め立てたとき、おめえは俺を見殺しにした。俺はそれを大目に見てやったんだぜ。黙ったまんまだ。

ザカリーは下着のパンツの行方を思い出して、絶望感に囚われながらも、ソファやその下を探し始める。ビッグ・ジョーイ、状況を飲みこみ、指を鳴らし、クリーチャーにソファの下を探すように合図を送る。クリーチャー、ジャンプしてソファの前へ。間を置かず、ビッグ・ジョーイは話の先を続ける。

ビッグ・ジョーイ　あの日から、おめえは「いっさいかかわりたくねぇ」とほざいて俺を見捨てた。俺はそれを大目に見てやったんだぜ。黙ったまんまだ。おめえの女房が俺のガゼルの腹を思い切り蹴り抜いて俺をうんとこけにしてくれたときだって、俺は大目に見てやったんだぜ。黙ったまんまだ。

クリーチャーが、ザカリーよりも一瞬早くソファの下のがらくたの中からパンツを探し出し、ビッグ・ジョーイに投げる。ビッグ・ジョーイはパンツをザカリーにこれ見よがしに掲げて見せる。その顔は勝利の満足感で薄ら笑いをたたえている。

ビッグ・ジョーイ　だが、それもおしめえだ……

ザカリー　あれは俺のせいじゃないだろ、ジョー。お前のガゼル・ナタウェイズが、あの魔女がふっかけてきたから、ヘラはあいつとけんかしたんだ。それに、ヘラがガゼルの腹を縫いにもう一遍この家に来たのを、お前だって知ってるだろ……

ビッグ・ジョーイ　ザック、俺には夢があるんだ……

ザカリー　そうだろうな。

ビッグ・ジョーイ　あのラジオ局を軌道に乗せたいんだ、俺のアリーナでの試合放送を手始めにな。

ザカリー　へっ！

ビッグ・ジョーイ　この島だけじゃなく、もっと広く、インディアン・コミュニティのラジオ・ネットワークを作ってだな……

ザカリー　夢だな、ビッグ・ジョーイ、夢さ……

ビッグ・ジョーイ　……俺たちインディアンの間で試合放送することが、誇りを持つ確かな道だということをみせてぇんだ……

ザカリー　くそくらえさ！　お前は自分が目立ちたいだけだ。

ビッグ・ジョーイ　……誇りと威厳を取り戻すためにだ。いいか、おめえは、ちょっとその重いけつ上げてだな、酋長のところに行って、「申請した居留地評議会の決議は次の会計年度まで待てます」って言うんだ、さもねえと……

ザカリー　そんな気はないな、ジョー、全然、まったくなしだ。

ビッグ・ジョーイ　（身体をソファにゆったり預け、人差し指で、ザカリーのパンツを回しながら）……さもないとだ、このパンツ、俺のガゼル・ナタウェイズに洗濯させて、箱に入れてきれいに飾って、その上にこの写真を貼っつけて、おめえの家へ出向いて、おめえのかみさんにプレゼントだ。

沈黙。

ザカリー　（ビッグ・ジョーイに、静かに）パンツを返せ。

返答なし。クリーチャーに。

ザカリー　写真を渡せ。

やはり返事はない。

ビッグ・ジョーイ （ひどく穏かに）帰れ。

ザカリー （この場で勝ち目はないとみて、帰り支度を始める）今回はお前の勝ちみたいだな、ジョー、だがな……

ビッグ・ジョーイ （どすの効いた声で） 失せろ。

沈黙。やがて、ザカリーがすごすごと出て行く。ザカリーが出て行く寸前に、窓のところにいたディッキー・バード・ホークトはザカリーに姿を見られないように、「窓」から離れる。ザカリーがいなくなるやいなや、クリーチャーは台所のドアにちょこちょこと駆け寄り、ザカリーが去って行った方向にこぶしを振る。

クリーチャー 勝ちだぜ！（おんどりみたいにいばって歩き、ビッグ・ジョーイのほうを向く）ザカリー・ジェレミア・キーチギーシクなんざお前のうちに来ちゃいけねえのさ、そうだろう、ビッグ・ジョーイ。神様あんがと、ガゼル・ナタウェイズはもう俺の女房じゃないんだ……

ビッグ・ジョーイ、クリーチャーを威嚇するようにじろっと見る。クリーチャー、すぐに、いつもの臆病な自分に戻る。

クリーチャー　……違うんだよな、あいつは今はお前のものなんだ、そうだろう、ビッグ・ジョーイ？　このところずっと、あいつはお前と暮らしている、亭主の俺とじゃなくて。

ビッグ・ジョーイ　（ビールを手にソファに座り、クリーチャーを無視して、テレビのホッケーの試合を見る）あいつを俺の女房なんかにするなよ。

クリーチャー　だけどお前はあいつと暮らしてるじゃないか、一緒にめし食って、一緒に寝て、ああっと！

ビッグ・ジョーイ　それでも俺の女房なんかにするなよ。

クリーチャー　（一見ソファのまわりに散らかっているものを片づけようとしているが、実は何もかもソファの下に押しこんでいる）俺はいいんだぜ、ビッグ・ジョーイ、マジにいいんだ。俺は言ったよな。何度も言ったよな。あいつは今はお前のものだ。あいつはお前に貸してあるようなもんさ。俺はいいんだ。承知してるんだ。約束したよな、覚えてるだろ？　あいつが俺にトースターをぶん投げて、もう少しで俺の頭をぶち割りそうになった晩の話さ。あいつは俺にこう言ったんだ。「もううんざりよ、クリーチャー・ナタウェイズ、うんざりよ。あんたの子供を産んだし、病気だって貰ったわ、それがあんたから貰った物の全部。あたし、出て行くからね」。それから、あいつはスーツケースを引っ摑んで、うちのがきどもを引っ摑んで、いや、あいつはがきどもは引っ摑まないで、テレビを引っ摑んで、ここへ、お前の家へやってきた。俺を残して出て行ってしまったんだ。もう四年になる、ビッグ・ジョーイ、わかってんだ、わかってるって。ああ、地獄だったぜ、初めのうちはマジにひどかった、でもお前と俺はがきの頃からの付き合いだ、そうだろう？　だから一年あまり考えて……俺はプライドを押さえて、重いけつ上げて、この家へ向かった。玄関のドアを開けて、お前と握手して俺は言ったよな、オッケェだ、ビッグ・ジョーイ、オッケェなんだ。それから二人でエスパノーラまで出かけてダーツをやったよな、俺たちちょっとばかし横道にそれたけど、覚えてるか、ビッグ・ジョーイ、俺たちは、結局三日も飲んで騒いじまったのを？

ビッグ・ジョーイ　クリーチャー・ナタウェイズ？

クリーチャー　何だよ？

ビッグ・ジョーイ　しゃべり過ぎだぜ。

クリーチャー　俺は言ったよな。何度も言ったよな。かまわないんだって……

突然、ピエール・サン・ピエールがひどく興奮して飛び込んでくる。

ピエール　（ビール・ケースに向かって話しかける）ハレルヤ！　ニュース聞いたか？

クリーチャー　ピエール・サン・ピエール、頼むぜ、ノックぐらいしろよ、ここは礼儀正しさが売りの家だぜ。

ピエール　ニュースだ、ニュース聞いたか？

クリーチャー　ニュースをひとつ聞かせてやるよ。普通、人様の家に入るときはだな……

ビッグ・ジョーイ　（クリーチャーに）座ってろ。
ピエール　ビールくれ。
クリーチャー　（ピエールに）座れ。
ピエール　ビールくれ。
ビッグ・ジョーイ　ビールをやれ。

ピエールはすでにビールを一本つかんで、ふたを開け飲んでいる。

クリーチャー　どうぞ。
ピエール　（飲みながら、口の横っちょから声を出して）あんがと。
ビッグ・ジョーイ　話は何なんだ。
ピエール　（勝ち誇ったようすで空になった瓶を置き、次の瓶をつかむ）俺に乾杯してくれ。
ビッグ・ジョーイ　吐いちまえ。
クリーチャー　ったく、
ピエール　俺に乾杯してくれ。
クリーチャー　あんたに乾杯だぁ？　何で？
ピエール　うるせえ。いいから乾杯しろ。
クリーチャー／ビッグ・ジョーイ　乾杯。

ピエール　あんがと。おめえたちは「レフェリー」に乾杯してくれた。
クリーチャー　（ピエールに向かって）レフェリー？（ビッグ・ジョーイに向かって）何の？
ピエール　「審判だよ！」
クリーチャー　だから、なんの審判だ？
ピエール　審判だ。ホッケー場でレフェリーをやるのさ。ビッグ・ジョーイのホッケー場でな。ワサイチガン・ヒル競技場さ。
クリーチャー　審判はもういるぜ。
ピエール　いや、特別なんだよ、特別の審判さ。
ビッグ・ジョーイ　あんたみたいなもぐりの酒の売人の歯なしのおいぼれ、雇った覚えはねえぜ。
ピエール　あいつらの第一試合はあさってだ。敵はカヌー・レイク猛者《もさ》女団だ。それから俺にゃまだ六本歯が残ってるんだ、歯なし呼ばわりは許さねぇ。
クリーチャー　カヌー・レイク猛者《もさ》女団？
ビッグ・ジョーイ　あいつらってのは、どいつらなんだ？
ピエール　聞いてねえのか？
ビッグ・ジョーイ　あいつらってのは、どいつらなんだ？
ピエール　信じられねえな。
ビッグ・ジョーイ　あいつらってのはどいつらなんだ？
ピエール　まったく信じられねえぜ。

ビッグ・ジョーイ、ピエールの頭をがつんと叩く。

ピエール　痛ぇっ、乱暴だぞ、おめえ！　ワサイチガン・ヒル泣き女団に決まってるじゃねえか。俺はワシー泣き女団のことを話してるんだ。他にはどいつらもいねぇ。

クリーチャー　ワシー泣き女団？　何てこった……

ピエール　ドミニク・ラドゥーシュ、ブラック・レディ・ホークト、それからあの恐るべき物知り女、ばか娘聖女マリー、ドライリップス・マニギトガン、レナーダ・リー・スターブランケット、アニー・クック、こがねむしのマクラウド、けつでかのペガマガボウ、全部で二十七人。この居留地の女どもばかりだ、女がみんな揃って立ち上がって言ったのさ。「くそったれ！　この世で女がホッケーしちゃいけないなんて誰が言ったのよ。くそったれだわよ」。そう言いやがったんだ。「くそったれ！」って。そんであいつら自分たちで何もかもやっちまったんだ。くそひでえ話だ、忘れちまうとこだったが、うちのかみさんのベロニク・サン・ピエールもワシー泣き女団に入ったぞ。初めはがきがいねえからだめだって言われたんだが、いいか、ワシー泣き女団のメンバーになるには腹に赤ん坊がいるか、さもなきゃ、もうとっくに赤ん坊を産んでなきゃならねぇんだ。でもな、うちのかみさんはきっぱり言ったんだぜ。「ザブーニガン・ピーターソンはあたしのむすめ同然さ。おつむが弱くって人の言うままだけど、あの子はあたしが面倒見ているんだよ」。そう言ってあいつもチームに入って、ワシー泣き女団でプレーするんだとさ。女どもはうずうずしてやがる、なあ、こんなことになるなんて考えたことあるか?

クリーチャー　まさか!

ピエール　神にかけて間違いねぇ……

ビッグ・ジョーイ　あいつらが競技場の予約を取ったなんてありえねぇ。

ピエール　えへん!　ガゼル・ナタウェイズが間に入ったのさ。俺さまが今こうしてぴんぴんして、つるつるの凍った道を歩いて来たのと同じくらい確かな話よ……

ビッグ・ジョーイ　ちょっと待て。

ピエール　……神様にかけてマジに間違いねぇ。(また次のビールの栓を開けようとしながら)俺はからかっちゃいねえぜ、ジェントルメン。根も葉もないことじゃねぇんだ。乾杯!

ビッグ・ジョーイ　(ピエールの口からビールをもぎ取り)どこで、そんなほら話嗅ぎつけてきた?

ピエール　俺のかみさんさ、他に誰がいる?　かみさんのベロニク・サン・ピエールが言うのさ。「ピエール・サン・ピエール、くそくらえよ、自分のパンツでも食ってな、あたしはホッケーをやるからね、何て言われようと、何と思われようと平気だからね」。そう言ってあいつは出て行ったんだ。いや、その前に俺の財布の中身をみんな抜いて、(ビッグ・ジョーイの手からビールを取り戻し)それと壁から茶色の大きなロザリオを引っ摑んで出ていったのさ。ドアをバタンと閉めて。それでお終い。くそくらえ。俺はてめえのパンツを食ったさ。乾杯!

クリーチャー　やめさせなきゃよ……　止めなきゃいけねぇんじゃねえか?

ピエール　ぺっ!……

クリーチャー、辛うじて唾をはきかけられるのを免れる。

クリーチャー　おっと！

ピエール　……以来あいつらは行方不明。サドベリーに行ったんだとよ。全員揃ってだ。七台の車に乗って。タイヤをきしらせ、ジングルベルみたいな音をさせて。お茶の時間のすぐ後さ。買い物だってよ、ホッケーの道具をだ。ぺっ！

今度も、クリーチャーはうまく身をかわして唾を避ける。

クリーチャー　おっと！　泡を飛ばすのはビールだけにして欲しいね。

ピエール　そんで俺を審判に選びやがったのさ。

ビッグ・ジョーイ　なんであんたなんだ？

ピエール　（へりくだった素振りで）さあなあ。なんでも、今の審判がうるさすぎるんだとさ。やたらドラムを叩き鳴らすこしゃくな若造、あのサイモン・スターブランケットはよ、（次のビールを手にしながら）あいつらが言うにはだ、奴はてんでルールがわかってねぇんだとよ。あいつらはあいつらの流儀でやりたいんだと。そんで俺を選んだのさ。乾杯してくれ。

クリーチャー　乾杯。

ピエール　審判に乾杯。
クリーチャー　審判に乾杯。
ピエール　あんがと。

二人、ビールをあおる。

ピエール　あー。（間。ビッグ・ジョーイに向かって）と言うわけでだな、俺のスケート靴がいる。
クリーチャー　あんたのスケート靴？
ピエール　俺のスケート靴。返してくれ。
クリーチャー　何の話だよ？
ピエール　ここにあるんだ、ここにあるのはわかってる。おめえに貸したんだ、覚えてるな？
ビッグ・ジョーイ　蒸し返そうってのか？
ピエール　おめえに貸したんだ。土曜日の夜だったな。ガゼル・ナタウェイズがテレビとスーツケース抱えて突然、そこのドアから入って来た。おめえと俺はその古いソファに座って、間にはララ・ラクロワがいた。そんで俺は四十オンス入りのウィスキーと交換におめえにスケート靴を貸したんだぜ。ガゼル・ナタウェイズはテレビを放り出して、真っ直ぐララ・ラクロワのところへ行って、ほっぺたをビシバシ叩いて外に追ん出した。それでも、もしも俺がスケート靴がいるときには四十オンスのウィスキー一本で返してくれるって約束をする暇はあったよな。そうだろ？　間違いないな。（コートの下からウィスキーの瓶を取り出し）ジャジャーン！　さあ、スケート靴だ。

ビッグ・ジョーイ　あんたはあれを売ったんだ。あれは俺のだ。

ピエール　気にすんな、ビッグ・ジョーイ、気にすんなって。俺はスケート靴が欲しいだけだ。さあ、受け取れ、さあ。

ビッグ・ジョーイ、ソファの下からスケート靴を片方探し出す。

クリーチャー　（ソファに腰掛けながらつぶやく）女がホッケーをするだって。ありゃりゃりゃ！

ビッグ・ジョーイとピエール、ボトルとスケート靴を交換する。

ピエール　あんがと。

意気揚々と引き上げる。ビッグ・ジョーイ、わけ知り顔でソファに座わっている。沈黙。唐突にピエールが再び飛び込んでくる。

ピエール　片っぽだけだ。

沈黙。

ピエール　なあ、もう片方はどこだ？

沈黙。ピエールは怒りで爆発しそうな勢い。

ピエール　ウィスキー返せ！　もう片方はどこだ？
ビッグ・ジョーイ　あんたはスケート靴を手に入れた。俺はウィスキーを受け取った。
ピエール　口答えするな。俺は年上だぞ。
クリーチャー　なくなっちまったってよ。
ピエール　はあん？
クリーチャー　なくなっちまった。もう片方はよ、そうだろう、ビッグ・ジョーイ？
ピエール　なくなっちまった、どこにだ？
クリーチャー　俺のかみさんのガゼル・ナタウェイズが……
ピエール　……おめえの昔のかみさんだろ……
クリーチャー　……あいつがドアの外に投げたんだ、二年前だ。スプーキー・ラクロワがビンゴで騙されたとか何とかいって頭がおかしくなってよ、この家のドアをぶち壊しにきた晩があったんだ。

スプーキー・ラクロワは、もうちょっとで殺されちまうとこだったぜ、そうだろう、ビッグ・ジョーイ?

ピエール　それで俺のスケート靴のもう片方は?

クリーチャー　たぶん、スプーキー・ラクロワのとこだね。

ピエール　くそったれ、フェア・プレイとは言えねえぞ。

ビッグ・ジョーイ　スプーキー・ラクロワのとこへ行って、スケート靴の片方を返してもらってこいと言われたって言えよ。

ピエール　とんでもねぇ。スプーキー・ラクロワは俺に説教をたれるにきまってる。

ビッグ・ジョーイ　説教たれかえせよ。

ピエール　一緒に来てくれよ。スプーキー・ラクロワとは友だちだったんだろ。おめえがスプーキー・ラクロワに話してくれ。あいつはおめえのことが好きなんだぜ。

ビッグ・ジョーイ　あんたのこともさ。

ピエール　ああ、でもおめえのほうがずっと好きなんだ。くそ、なんてこったい!（ケースから次のビールを出しながら）忘れるとこだったが、ガゼル・ナタウェイズがワシー泣き女団のキャプテンに決まったんだとさ。思うにあの女……自分でそうしたのさ。わかるだろ。

ビッグ・ジョーイ　スプーキー・ラクロワがあんたを待ってるぜ。

ピエール　どうしてわかる?

ビッグ・ジョーイ　神様がそう言ってる。

ピエール　（間。いぶかしげに思ってから）ふん、ばかばかしい。

退場。沈黙。ビッグ・ジョーイとクリーチャー、互いに顔を見合わせ、身をよじらせてヒステリックにいつまでも笑う。ようやく落ち着いた二人、身じろぎもせず凍ったようになる。二人、座って頭を整理する。テレビのホッケーの試合に目をやり、それから真面目くさって互いに相手を見合う。

クリーチャー　女どもが……ガゼル・ナタウェイズが……ホッケーだって？　ありゃりゃ……

ビッグ・ジョーイ　（ピエールのウィスキーの瓶を手にしたまま）なんてこった……

照明、フェード・アウト。

暗闇の中からスプーキー・ラクロワの、感情を露にして歌っている声が聞こえてくる。それにつれて、照明がキッチンを徐々に照らしていく。キッチンにはディッキー・バード・ホークトがスプーキー・ラクロワの正面、テーブル越しに座っている。ディッキー・バードは鉛筆で紙に何か書いている。スプーキーは空色の赤ちゃん用の靴下を編んでいる。スプーキーが座っているテーブルの左側には聖書があり、右側には編物のお手本が置いてある。部屋のあちこちに編み終えたもの、小さな敷物、ティーポットカバー、薄汚い『最後の晩餐』の絵にはニットのフレームがついており、壁にはそれとなく目立つように十字架が掛かっていて、その四つの先端には空色の赤ちゃん用の靴下がはめられている。この場面中、スプーキーはときどき編物のお手本に目をやる。小さな読書用めがねをかけているが、鼻の先にとまっているといった具合。編み方が込み入っているらしく、他には目もくれない。ときどき、躍起になると、聖書とお手本を混同する。スプーキーは「精神障害者」のディッキー・バードをおとなしく座らせ、気を引いておくのに四苦八苦している。

スプーキー　（歌いながら）我らは知っている。誰もが知っている。イエス様はどなたなのか。（話しかける）来る時が来た。終末が。Igwani《イグワニ》 eeweepoonaskeewuk《エーウェーポーナスケーウック》.［この世の終わりがやってきた。］この本にそう書いてある。聖書を読むのはとても、とても、とっても大事なことなのだ。もし主について知りたいと思うのなら、ディッキー・バード・ホークト、聖書を読まねばならない。残された時間はごくわずかだ。今、一九九〇年。最後の年、これは、私たちの最後の年になるかも知れない。はっきりしている。この世の終わりがやってきた。ついに。おそすぎたくらいさ。世の中は狂っているし、人間どもはあちこちで銃で撃ち合い、殺しあっている。人でいっぱいのジェット機は森の中に墜落し、湖は黒くにごり、魚は窒息死する。恐るべし、恐るべし。

ディッキー・バードは何か書いたメモをスプーキーのほうに押し出す。

スプーキー　何だね？（わかりにくそうに、読む）こどもを・作るの・どう・やって？（驚いた表情で）ディッキー・バード・ホークトがか？　お前の歳でか？　ふーむ。とにかく、あのスターブランケットのとこの若造は、銃で自殺した。ちょうどここだ。この腸のあたりだ。腹から血は出る、しろいふにゃふにゃした物は飛び出る。ウゲッ！　ブルッ！　最近の居留地の若者にとっては、腹を撃ち抜くこと以外マシなことはないようだな。主だって、もうけっこうなはずだ。自殺なんてのに飽きあきしてる。もういい、もうたくさんだって主はおっしゃってる。くるときがきたのさ。

ディッキー・バードは別のメモを押し出す。スプーキーは話を止める。読み終えて。

スプーキー　なぜなら、私とラララは、私たちは結婚しているからだ。だから子どもが生まれるんだ。おしまい。さて、この世はいつ終わりを迎えるのだろうか？　空は裂け、雲が離れる、そうして主は聖なる霧に包まれて降りていらっしゃる。そして、新生クリスチャン派の信徒だけが主と一緒に天国へ行けるのさ。残った人間たち？　彼らに何が起こるか知っているか？　彼らは死んでしまう。たとえばビッグ・ジョーイだ。あいつみたいな奴らは地獄に落ち、邪悪で、淫らな行いをしてきた罰で地獄の炎に焼かれてしまうのだ。しかし、我々は天上へと昇り、神秘なる主の栄光に包まれて永遠に生きるのだ。はっきりしている、ディッキー・バード・ホークト、はっきりしている。だから、お前に言っておく、お前は聖書を読まなければならないのだ。とても、とても、とっても大事なことなのだ。

ディッキー・バードは三枚目のメモをスプーキーに渡す。スプーキーは読み終える。

スプーキー　ウェリントン・ホークトがお前の親父なのだ、ディッキー・バード・ホークト。そんなことを訊いてはならない。私の妹のブラック・レディ・ホークト、あいつがお前の母親である。よいな？　ウェリントン・ホークトがブラック・レディ・ホークトと結婚しているから、ウェリントン・ホークトがお前の親父なのだ。誰がなんと言おうとも。

照明、暗転。

舞台の暗がりから、きらきら光る北米先住民のパウワウ祭りのダンス用バスル（尻等につける羽飾り）のふしぎな揺らめきがあらわれる。それは徐々に舞台の前方に向かって動いてくる。次にさらに大きなバスルが舞台の上部に現れ、怪しげに揺らめき、あたり一体を動き回る。二つのバスルは一緒に、仲睦まじげに揺らめきあい、二匹の巨大な蛍さながらである。小さいほうのバスルは舞台の前方へ移動し、その背後からサイモン・スターブランケットの顔が浮かびあがる。サイモンは光と影で演出された森の中で踊り歌っている。大きいほうのバスルは舞台の上部に留まっている。その背後にパッツィ・ペガマガボウの精霊としてのナナブッシュの全身像があり、その姿は巨大な尻（たとえば、特大の取り外し自由な尻）をした十八歳の活発な娘の姿である。この上部からナナブッシュ／パッツィは舞台上の進行を眺め、楽しんでいる。巨大な満月がナナブッシュ／パッツィの後方に煌煌と輝いている。この場のごく初めから、サイモンの歌と対比させて、誰かが吹く寂しく悲しげなハーモニカの音が聞こえてくる。ザカリー・ジェレミア・キーチギーシクである。厄介な事態にはまりこんでしまった自分の心模様を森の中で奏でている。ハーモニカの音が止み、暗闇の中から、ザカリーの声が聞こえてくる。

ザカリー　おい。

声を聞きつけ、サイモンは振り向くが、視線の先には何もない。そのまま踊り歌いつづける。サイモンは正しい歌と踊りをしゃにむに探るかのように、踊り、歌っている。すると、

ザカリー　なぁ！
サイモン　Awinuk《アウィヌク》 awa《アワ》? ［誰だい？］
ザカリー　（嗄れ声で）サイモン・スターブランケット。
サイモン　Neee《ネー》［ぶったまげた］、ザカリー・ジェレミア・キーチギーシク。Awus《アウス》! ［あっち行けよ！］ Katha《カサ》 peeweestatooweemin《ペーウェースタトーウェーミン》. ［あっち行けよ。ぶつぶつ言って、邪魔するなよ。］

ついに、ザカリーは暗がりから、大きな岩のかげから、片手にハーモニカを持ち、もう一方の手で破れたズボンをうまく支えながら登場。サイモンはザカリーを無視して歌い踊り続ける。

ザカリー　いいいい、いくらかかるんだ、パン生地を作る機械を買うのに？
サイモン　（自分の耳を疑いながら）何？
ザカリー　パン生地の機械だ。買うといくらかかる？
サイモン　ホバートのかい？

ザカリー　どこのだって？

サイモン　ホバートだよ。ホ・バー・ト、ホバートだよ。

ザカリー　（独り言のように）ホバートか。うーむ。

サイモン　（少々おかしな格好のザカリーを見て面白がりながら）Neee《ネー》, machi《マチ》 ma-a《マーア》,［まぁ、当然と言えば当然だが］、冷蔵庫と言えばウェスティングハウス、コーンフレークはケロッグigwa《イグワ》［そして］パン生地の機械と言えばホバートさ。Kinsitootawin《キンシトータウィン》 na《ナ》?［わかったかい？］会社名だ。昔はあの機械を豚って呼んでいたけど、ちょっと……豚みたいな動きをするからね。でも心配ご無用。Awus《アウス》.［あっちへ行けよ。］邪魔しないでおくれよ。

ザカリー　いくらだい、その……豚は？

サイモン　（笑いながら）Neee《ネー》［まぁ］、ザカリー・ジェレミア、考えてもみてごらんよ、このワサイチガン居留地で一目置かれているあんたが、この二月の土曜日の晩に、森のど真ん中に突っ立って、けつを凍らせたあげく、豚の値段はいくらかだって？

ザカリー　（激しく）俺はヘラと約束した。今夜までにいろいろ調べておこうって、俺たちは今晩パン屋にかかる費用についてじっくり話し合おうって決めてたのに、俺はドジっちまった。でもありがたいことにお前に出くわした。今この居留地でそのパン生地の機械がいくらなのか知ってるのはお前だけなんだ。さあ教えてくれよ！

サイモン　（ちょっと怯えて）Neee《ネー》［まぁ］、四千ドルくらいだったよ。五千ドルかな。

ザカリー　確かじゃないのか？　あそこで働いてたんだろ。

サイモン　ただの皿洗いだったんだよ、ザカリー・ジェレミア。俺の店ってわけじゃない。ママ・ルイーザは貧乏な人でさ。調理器具ってもほんと古い物ばかりで、それも第二次大戦の後に彼女がイタリアからはるばる持ってきたものだからさ。今と同じ値段ってわけないだろ。

ザカリー　モバートは五千ドルか。うーむ……

サイモン　ホバートだって。

ザカリー　メモしとく紙があればなあ、ちくしょう。紙か何かないのか？

サイモン　いや。これ……っきり。（ダンス用バスルを摑み上げて）なんでそんなふうに押さえてるんだい？

ザカリー　俺は……アンディ・マニギトガンの家のそばの道に突っ立ってたんだ。すると車がやって来やがって、うー！　俺のズボンは引き裂かれちまって、真っ二つだ。それからパンツが、いいか、奴らは……持ってちまったんだよ。信じられるか、なあ？

サイモン　信じられないね。Neee《ネー》, awus《アウス》.［驚いた、あっち行けよ。］Kigithaskin《キギサスキン》.［嘘ばっかりついてらぁ。］

ザカリー　な、な、なんでお前をからかう必要がある？　こんなにくそ寒くなければそれもありだろうけどな。

このとき、ナナブッシュ／パッツィが、上部の舞台で、このやり取りをもっと見ようと近寄る。彼女の巨大なパウワウ用のダンスのバスルが、ほのかに明るく魔法のようにゆらめく。これを垣間見たサイモンは一瞬注意をそらす。

サイモン　おい！　見たかい？

しかし、ザカリーは自分の窮地に板ばさみになっていて、気づかない。

ザカリー　俺は今、マジでマジでヤバイんだよ……

サイモン　……パッツィ・ペガマガボウがいたと思うんだ……これをつけて……

ザカリー　（サイモンが指したほうをまごついたようすで見上げ）……どう思う……うちのふつうのオーブン二つでさ……

サイモン　（大声をあげる）パッツィ？……（間。それから、ゆっくりと、ザカリーのほうへ振り向き）……パッツィがこれを俺に作ってくれた、そうだろ？（バスルを示して）パッツィと彼女の継母のロージー・カカペタムがさ、この前の九月、俺の母さんの葬式の後にね。そう、俺はここでああだこうだ考えていた。この……ダンスがさ、マジに自然に自分のものにならなければ、体の奥から涌き出るようじゃなけりゃ、このバスルも燃やしちまおうっと思って。（バスルを示して）ちょうどこの場所だった。だって、あのころは……現実って感じじゃなかった、そうだろう？　なんていうかさ、作り話みたいで……俺を狂わせたんだよ、あの夢が、夢の中でインディアンたちが蝿みたいに死んでいって……

ナナブッシュ／パッツィがこの二人の男を弄ぶ。冬の夜の魔力と満月の力を借りて、サイモンとザカリーに魔法をかけるように。

ザカリー　（優しく自分に歌いかける）十字架パン、十字架パン、一個でも、二個でも一セント、砂糖衣の十字架パン……

サイモン　……何かしなくちゃ……

ザカリー　（歌うのをやめて）……ストロベリーパイ……

サイモン　……この夢の中でさ……

ザカリー　……新鮮で、おいしい、母なる大自然の乳房から絞り出したクリームを、よーく泡立ててのせて……

サイモン　……ドラムを取り戻さなきゃ、mistigwuskeek《ミスティグウスキーク》［ドラムを］……

ザカリー　……ブラン・マフィン、チェリータルト……

サイモン　……不思議な力、この……（バスルを持ち上げ）

ザカリー　……バタータルト……

サイモン　……取りもどさなきゃ。もう一度ダンスを。

ザカリー　……タルト、タルト、タルト、フルーツケーキ、ケーキ、ケーキ、忘れちゃいけない、忘れちゃだめだよ、チョコレート・ケーキ……

サイモン　……パッツィ・ペガマガボウ……
ザカリー　……チェリー・フランベ……
サイモン　……パッツィの継母のロージー・カカペタムはシャーマン……
ザカリー　……レモン・メレンゲ・パイ……
サイモン　……不思議な力……
ザカリー　……アイスクリーム入りケーキ……
サイモン　……ナナブッシュだ！……
ザカリー　（それから突然、怒りが収まらぬようすで）……ガゼル・ナタウェイズ。K'skanagoos!《クスカナゴース》［あのメス犬め！］

突然、冬の夜の暗闇から、奇妙で不気味な音が聞こえてくる。狼の遠吠えか女の嘆き悲しむ声か、始めははっきりとしない。この音は森の奥から聞こえてくるのか、満月からか、あるいは別のところからなのか、確かではない。しかし、「精霊」の気配がはっきりと感じられる。この嘆き悲しむ声は、何もない広い部屋の中で反響しているように聞こえる、家や競技場の壁に当たる石の音に消される。ザカリー、依然として途方に暮れたままだが、サイモンが話しているうちに、ハーモニカを取り出し、大きな岩の上に座り、前と同じようにブルース調の悲しげで、哀愁を帯びた曲を吹き始める。

サイモン　……この岩に腕を回す、ちょうどここの、地面から突き出たこの大きな黒い岩に。すると、赤ん坊が泣いている声が聞こえてくるんだ。岩の中から。俺の名前を呼んで泣いている。岩の中に閉じ込められている赤ん坊、俺はなんとかしてやらなくちゃいけないんだ。俺は動けなくなってしまう。腕が、体全部が、この岩に釘づけにされしまう。そうしていると、あの……鷲が舞い下りる、俺のそばに、ちょうどあそこに。でも、あの鷲には顔が三つある。三人の女の顔だ。鷲が俺に言うんだ。「赤ん坊が泣いている。私の孫が、ドラムの音をもう一度聞きたいって泣いている」。

ナナブッシュ／パッツィ、その顔はあでやかなバスルの羽で覆われていて、幻想的で神秘的な鳥のようである。彼女は嘆き悲しみはじめ、その声は他の嘆き声に共鳴したり、しなかったりする。

サイモン　この音があたり中に聞こえる。石が家の壁に当たっているように——木霊しているんだ、広い何もない部屋で木霊しているみたいだ——そして、女たちが嘆き声をあげている。世界中がこの音でいっぱいだ。

サイモンも嘆き悲しみ、意気消沈の嘆きを吐露する。このときから、周囲の嘆き声が小さくなっていく。

サイモン　それから、鷲は行ってしまい、岩が裂ける、血管と血で覆われた肉の塊が、赤ん坊がにじみ出てくるんだ。どこからか女たちが歌う声がする、天使とか神とか天使とか神とかの歌を……

嘆き悲しむ声が消え、物音一つしない。ザカリーが岩の上から立ち上がる。

ザカリー　……俺はガゼル・ナタウェイズの家で素っ裸のまま目が覚める夢を見た。俺は自分のパンツがまだあそこにあるはずだってことが、頭から離れない。お前が今すぐあそこへ行ってくれたら……俺にはできない。つまり、俺には女房のヘラやパン屋のことがある。このパン屋はインディアンたちに多くをもたらすんだ。経済発展なんだ。雇用を増やすんだ、パンだ、アップルパイだ。いいか、貧乏にしがみついている奴らが恐ろしいほどいるんだぜ。仲間のために何かをやるチャンスなんだ、サイモン。もし俺が言っていることがわかるんなら……

サイモン　俺はドラムを取り戻さなきゃならないんだ。パッツィのシャーマンの力、パッツィが継母のロージー・カカペタムから教わった力、それが……俺を助けてくれる……

ザカリー　俺はパンツなしで家に歩いて帰る。スボンは真っ二つに裂けたし、補助金は貰える見込みがない。ああ!……

ピエール・サン・ピエールがスケート靴を片方だけ持って、二人の男の間へ駆け込んでくる。二人は驚く。ナナブッシュ／パッツィは消える。

ザカリー　ピエール・サン・ピエール！　なんてこった……

ピエール　時間がねぇんだ、時間がねぇんだよ。ラララ・ラクロワにもうすぐ赤ん坊が生まれちまう。生まれる前にスプーキーに会いに行かなきゃならねぇ。
サイモン　俺ならロージー・カカペタムを呼ぶね。
ピエール　老いぼれすぎる。老いぼれだぁ。あのババァじゃチームにゃ入れねぇ。
サイモン　Neee《ネー》［へぇ］、何のチームだ？　ロージー・カカペタムはこの居留地の最後の産婆さんだぜ。ピエール・サン・ピエール、チームになるわけがない。
ザカリー　（ピエールに向かって）あんた、ガゼル・ナタウェイズとこのくそ汚れたソファ知ってるだろ？
サイモン　（ザカリーに）考えてみろよ、もし産婆さんのチームがあればさ、chee-i?《チェーイ》［なあ？］すげぇぜ！
ピエール　ガゼル・ナタウェイズだぁ？　ハレルヤ、ニュースを知らねぇのか？
ザカリー　なんだと？……それって……もう知れ渡ってるのか？
ピエール　ワサイチガン・ヒルの隅から隅まで……
ザカリー　（ことの成り行きに、思いにふけりながら、独り言のように）みんなに知れ渡っちまったのか。
ピエール　……マニトゥリン島を越えて、サドベリーの町外れまですっかり……
ザカリー　ああ、なんてこった……
ピエール　ガゼル・ナタウェイズ、ドミニク・ラドゥーシュ、ブラック・レディ・ホークト、あの恐るべき物知り女、ばか娘聖女マリー、ドライリップス・マニギトガン、レオナルド・リー・スターブランケット、アニー・クック、こがねむしのマクラウド、けつでかのペガマガボウ……

サイモン　パッツィ・ペガマガボウだ。しっかり覚えとけよ……

ピエール　黙れ！　まだ終わっちゃいねぇ……二十七人全員で……

サイモン　Neee《ネー》［まぁ］、ザカリー・ジェレミア、あんたはすっかり料理されちまったみたいだね。あんたの計画は台なしだ。

ピエール　へっ！　おいしくカリカリに、真っ黒の炭になるまで焼かれちまったよ。おめえのかみさんのヘラ・キーチギーシクもお仲間にいるからな。

ザカリーは、ぞっとして頭がくらくらし、岩の上に座ってしまう。

サイモン　パッツィ・ペガマガボウは妊娠してるんだ、ピエール・サン・ピエール。大きくなっていく腹かかえてマニトゥリン島を駈け回るなんてできないよ……

ピエール　おっと、奴らは全員妊娠しているか、そうじゃなきゃ、がきが山になっている連中よ。俺はその真ん中でホイッスルを吹いて、小汚ねぇちっちぇ黒いパックを投げるってわけよ……

ザカリー　（岩から立ちあがって）よく聞けよ、ピエール・サン・ピエール。一時間も経っちゃいないが、俺はガゼル・ナタウェイズのくそ汚れたソファの下にパンツをなくしてきちまったみたいなんだ。そればかりか、俺の人生もなくしてきちまったのかもしれねぇ。俺のパン屋なんてもうとんでもない。ひどい馬鹿げた間違いをやっちまったためにだ。だけど、あんたにはわかってもらいたい。

俺のパンツはきれいなんだ。毎日はきかえてるし、お気に入りの色は水色と黒で、うんこなんか絶対くっついていねぇ！

サイモン　（ザカリーの甦った闘争心に驚き、ぞっとし）ワォー！

ピエール　まあまあ！　落ち着けって、ザカリー・ジェレミア。落ち着いて、なあ。おめえのパンツと、この革命的事件とは何の関係もねえぞ。

サイモン　ピエール・サン・ピエール、あんたがぜいぜい鼻を鳴らして言っている革命的事件っての は何のことだい？

ピエール　パックだよ。パックのことを話してんだ。

ザカリー　パック？

サイモン　パック？

ピエール　そう、パック。パック、パック、パック、アイスホッケーのパックだぜ。ここの、居留地の女どもがホッケーをやるんだってよ。ザカリー・ジェレミア・キーチギーシクの素敵な色の綺麗なパンツぐらいじゃ、あいつらを止めることはできねえぜ。

サイモン　女たちがホッケーを。Neee《ネー》, watstagatch《ワッタガチ》! ［何てこった！］

ピエール　Neee《ネー》, watstagatch《ワッタガチ》［何てこった］　そのとおりよ。サドベリーへホッケー道具を買いに行っている。そんで俺さまがレフェリーだぜ！　寄り道しちまった！　俺が着くめぇにラクロワんちに子どもが生まれちまう。

ピエール、場を去ろうとする。

ザカリー　ピエール・サン・ピエール、俺のパンツを取って来てくれ。さもなきゃ、あんたが酒の密売やってることポリ公にばらすぜ。

ピエール　時間がねぇ、時間がねえんだ。

退場。

ザカリー　（大声をあげる）ヘラもサドベリーへ行ったのか？

しかし、ピエールは行ってしまった後である。

サイモン　（独り言を言いながら思いにふける。と、ナナブッシュ／パッツィとバスルをまた垣間見る）……石が壁を打っている……

ザカリー　（独り言）いったいワサイチガンに何が起こってるんだ……

サイモン　……女たちが嘆き悲しんでいる……

ザカリー　（さらに差し迫ったようすで）なあ、どう思う、普通の二台のオーブンで始めるか、それとも、ピザ用の大きなオーブンを一つ、すぐに買ったほうがいいのか？

サイモン　……パック……

ザカリー　サイモン、俺はもうだめだ！

サイモン　（ついに、われに帰ってザカリーの顔をまともに見る）Neee《ネー》［まぁ］、ザカリー・ジェレミア。そう、こういうことだ。（それから、早口で）何を焼くか、それしだいだ、な、そうだろ？　パンを、それもいっぱい焼くのなら大きなオーブンが要る。だけどマフィンを焼くだけなら……

ザカリー　（舞台奥で）……マフィン、いいや、マフィンだけじゃない……

サイモン　……じゃあ、普通の小さなオーブンでいい。でもさっきも言ったとおり、俺はただの皿洗いだったんだぜ……

ザカリー　パン屋には何人働いていたんだ？

サイモン　……それはあんたが商売する居留地の大きさによるよ、ザカリー・ジェレミア……

ザカリー　……いや、ワシー、ワシーだけだ、まずは……

サイモン　……うーん、五人いたなぁ。一人はパン生地作りで――うーん、小麦粉と水とイーストなんかを混ぜ合わせて――うーん、この人は朝の六時まで働かなきゃならなかったよ。この居留地じゃむずかしいぜ、ザカリー・ジェレミア。いいかい……

ザカリー　……大丈夫だ。それは俺がやる、問題なしだ……

サイモン　……それからひどくでかい木のテーブルで生地を丸めたり、こねったり、ねじったり、叩いたり、打ちつけたりする係が三人……

ザカリー　……ってことは、でっかい木のテーブルが要るのか？……

サイモン　……堅い木だ、ザカリー・ジェレミア、軟らかい木はだめだ。それと、パンを実際に焼く係が一人。うーん、長い木の篦《へら》を使ってた？……

ザカリー　……木の篦……

サイモン　……そう、木の篦さ、ザカリー・ジェレミア。かなり長いやつだよ。ちょっといかしてるんだ。実はさ……

ザカリー　……言ってくれ、言ってくれよ……

サイモン　実はね、ザカリー・ジェレミア、俺は今度の土曜日サドベリーに行くんだ、いいかい？もしあんたが一緒に来るのなら、ママ・ルイーザの店に連れて行ってやるぜ。しわしわのばあさんを紹介してやる、そしたら古臭くて頑丈なホバート社のオーブンをじっくり見れるだろ、どうだい？　触ったっていいんだぜ、Neee《ネー》［まぁ］……

ザカリー　……マジか？……

サイモン　俺？　俺はパッツィ・ペガマガボウにプロポーズしに……

ザカリー　……サイモン、サイモン……

サイモン　……そして俺たちはこんなのを二千はつるすんだ（ダンス用のバスルを示し）マニトゥリン島中に、俺とパッツィと俺たちの子供とで。それから俺とパッツィと俺たちの子供と、ナナブッシュも入れて、ワサイチガン・ヒルを隅から隅まで踊りまくるのさ。それは、あのドラムをもう一度取り戻すためだ。死ぬ思いをしようともさ。

ザカリー　（間。それから、静かに）俺に安全ピンを見つけてくれ。

サイモン　(間) Neee《ネー》［まぁ］、いいよ。それに、あんた、ザカリー・ジェレミア・キーチギーシク、あんたは今までお目に掛かったこともないホバート製のパン生地機械を見に行けるんだ！

サイモン／ザカリー　(微笑。二人とも、笑い出しそうになる) Neee《ネー》［やったぜ］……

暗転。

上部の舞台が明るくなる。ナナブッシュの奇怪な姿が見える。彼女は妊娠九か月のブラック・レディ・ホークトに扮して（特大サイズの作り物の腹を）着けている。その上に、マタニティー・ガウンを羽織り、ゆっくりと歩いている。手にはお祈り用のロザリオを握りしめ、『ロザリオの祈り』を小声で独り言のように唱えている。また、ビールを飲んでいて、千鳥足気味である。

下部の舞台、スプーキー・ラクロワのキッチンが明るくなる。ディッキー・バード・ホークトが跪いて、彼の心の中に絶えずはっきりとある、超現実的で超自然的な『聖母マリア』（すなわち彼自身の母）に熱心に祈りを捧げている。周りに一切関知せず、スプーキー・ラクロワはテーブルに座り、また赤ちゃん用の靴下を編みながら、説教をしている。

スプーキー　ディッキー・バード・ホークト、いいかい？　私はお前も一緒に天国へ行って欲しいんだ。絶対にだ。しかしその前に、お前は手話を習って、居留地の人たちがみな主の御許へ行けるように、私の手伝いをしてくれないか。ワサイチガン・ヒルのホッケー場のあの演壇に立って、みんなに手話で語りかけるお前自身の姿が見えるだろう？　主のことを語り、私たちが終わりに近づいているってことをだ。私は休みをとることだってできたんだ。しかし、この地の哀れな人々が、目標もなく、ただ無益なままに……

ピエール・サン・ピエールが勢いよく入ってきて、スプーキーのところにまっすぐ行く。ナナブッシュ／ブラック・レディ・ホークトの姿が消える。

ピエール　間に合った、さあ渡せ。

スプーキー　（びっくりしてわれに帰って）ピエール・サン・ピエール！　あんたが来たら、毛糸がごちゃごちゃになっちまった！

ピエール　この家のどこかにあるってことはわかってる。

スプーキー　何を探していても、あなたが主を信じるまでは、見つかりませんよ。

ピエール　俺のスケート靴だよ。スケート靴を渡せ。

スプーキー　私はスケート靴なんて持ってません。いいですか。

ピエール　俺のスケート靴だ。ガゼル・ナタウェイズが投げつけて、もう少しでおめえを殺しちまうところだったスケート靴だ。

スプーキー　こんな夜分に、スケート靴がいったいどうしたというのです？

ピエール　ニュースを知らねえのか？

スプーキー　（考える）いいえ、ニュースなんて知りませんね。

ディッキー・バードが立ち上がって、台所をうろうろし始める。あちこち見まわし、誰が歌っていたのか探すかのように、窓の外を見る。それから壁に掛かっている十字架に向かって立つ。しまいに、十字架を外して、嵌まっていた小さな靴下で遊びだす。

ピエール　女どもだよ。俺はまさにそのど真ん中にいるんだ。革命だよ。ここワサイチガン・ヒルでだ。

スプーキー　酋長、それとも神父様にですか、どちらに対して革命を起こそうとしているんです？

ピエール　違う、違う、違う。ドミニク・ラドゥーシュ、ブラック・レディ・ホークト、あの恐るべき物知り女、魔女ガゼル・ナタウェイズ、ばか娘聖女マリー、ドライリップス・マニギトガン、レナーダ・リー・スターブランケット、アニー・クック、こがねむしのマクラウド、けつでかのペガマガボウ、全部で二十七人だ。うちのかみさん、ベロニク・サンピエールも、女どもの中盤に入るんだ。ディフェンスをやるんだ。

スプーキー　ディフェンスだって？　アメリカの攻撃を。私たちはすでに攻撃を受けています。状況は深刻なんですか？

ピエール　違う、違う、違う。主に誓って違う。女どもがホッケーをやろうってんだ。ホッケーするんだってよ。死ぬほど真剣に。

スプーキー　そんなわけない。

ピエール　そんなわけある。
スプーキー　主よ、これこそ最後の年！
ピエール　気にならないのか？
スプーキー　おお主よ、この世の終わりがもうそこまで来ています！（息を詰まらせながら、スプーキー、ディッキー・バードに駆け寄る）
ピエール　俺がレフェリーだぜ、畜生。
スプーキー　言葉遣いには気をつけてください。（ディッキー・バードから十字架を取りあげる）
ピエール　だからよ、俺は奴らの真ん中に立つってことさ。聞いてねぇのか。
スプーキー　（赤ちゃんの靴下を十字架に戻しながら）しかし、あなたは女性ではない。
ピエール　どうでもいいのさ。最近じゃ、レフェリーになるのが男だろうが女だろうがおかまえなしなんだとよ。だから、俺のスケート靴くれよ。
スプーキー　スケート靴？
ピエール　ガゼル・ナタウェイズが、あのとき、ビンゴ・ゲームの後に、おめえに投げつけて、おめえを殺しちまいそうになったスケート靴だ。
スプーキー　ああ、あれですか。地下の部屋にしまってあります。

ピエールはドアを開けたとたん転んでしまい、仕掛けてあったねずみ取りに指を挟んでもがきながら出てくる。

スプーキー　ピエール・サン・ピエール、ラララのクローゼットの中でいったい何をしているんです？
ピエール　おい、地下の部屋ってのはどこだ？（指からねずみ取りを外す）
スプーキー　ピエール・サン・ピエール、あなたは飲み過ぎです。あなたには主のご加護が必要です。
ピエール　主なんていい、神様はよ、いるのはスケート靴だ。八の字すべりを練習するんだよ。
スプーキー　（十字架を壁に戻しながら）スケート靴を渡す前に、一つだけ約束してください。
ピエール　約束する。
スプーキー　（出し抜けに、ピエールの首に十字架を当てて、彼を脅かす）あなたは主を信じなければならない。
ピエール　わかった、わかった。
スプーキー　いつまでです？
ピエール　死ぬまでだろ。約束する、俺が死んじまうその日まで、ずっと神様を信じる。だからスケート靴くれ。
スプーキー　誓いますか。
ピエール　これでいいのか？　誓いまーす。

スプーキーが納得し、ピエールを見るまで、二人は動かない。ピエールは十字を切る。

スプーキー　よろしい。

スプーキー、地下室へ行く。
ピエール、二人きりになり、ディッキー・バードに囁き声で話す。ディッキー・バードは再び壁から十字架を外し、そのまま椅子に戻って、十字架から赤ちゃん用靴下を手当たり次第取り外す。

ピエール　あいつはおめえにもこんなたわごとを聞かせてるのか？　あんな馬鹿にはなるなよ。あのスプーキー・ラクロワはひでぇいんちき野郎だ、二千年も年をくったエジプトのスフィンクスが奴の目のめえに現れたって、あいつにゃ何だかわからねぇだろうさ。あいつがおめえに説教するのは、おめえだけがこの居留地で唯一言い返してこないからだよ。よく聞けよ。俺はおめえが生まれたとき、おめえの母さんと同じ部屋にいた。だから、俺はおめえという人間がどこの誰だかよく知ってる。何もかも覚えてんだ。たとえ俺らがみんなちょっと頭がおかしかったとしてもな……俺は覚えている。知ってるかよ、ディッキー・バード・ホークト、おめえはあそこのバーの名前にちなんで名づけられたんだ。誰かから聞いたことがあるかい？

ディッキー・バードが震え始める。ピエールはギョッとする。

ピエール　スプーキー・ラクロワ、早くその神聖なおけつを動かして帰って来い、頼むから！

ディッキー・バード、笑う。ピエールも一緒に笑おうとする。

ピエール　だから俺はおめえの親父はぜってぇ許せねぇんだ、ビッグ・ジョーイの野郎はよ、おっと……

ディッキー・バード、反応する。

ピエール　……お、俺の言わんとすることはだな、ウェリントン・ホークトよ、おめえの母さんをあんな目に合わせたことだ。「この世に生まれた人間に、あっていいことじゃないぜ」って、俺はあいつに言ってやった。「この世に生まれてきて初めて見るものが、あのくそったれなジュークボックスだなんてよ」。神に感謝だ、そんでも、おめえは生きている、ディッキー・バード・ホークト、神に感謝だぜ、十七年が経って、おめえはこうしていっぱしの色男の顔で俺の前に座ってるじゃねえか。まぁ、口がきけねえことを除いてだが。しゃべってみろよ、ディッキー・バード・ホークト、しゃべってみろって何でもいい。さあ、やってみろ、「ダディ、ダディ、ダディ」って。

ディッキー・バードは首を横にふる。

ピエール　やってみろって。一遍だけでいい。できるって。（ディッキー・バードの両頬を片手でつかみながら）「ダディ、ダディ、ダディ、ダディ」。

ディッキー・バードは飛びあがり、ピエールに飛びかかる。ピエールの喉に十字架を突きつけそうになる。ピエールはすっかり怯えてしまう。ちょうどそのとき、スプーキーがスケート靴を持って入ってくる。

ピエール　まあ、まあ。落ち着け。落ち着けったら、ディッキー・バード。落ち着けって。

スプーキー、ディッキー・バードが手荒らく十字架を扱っているのを見て、息を切らせてディッキー・バードに真っ直ぐ駆け寄る。

スプーキー　ディッキー・バード・ホークト、それを渡しなさい。

スプーキーは十字架を麗々しく受け取り、それからピエールのほうを向いて、もう片方の手でスケート靴を差し出す。

スプーキー　約束ですよ。
ピエール　誓います。（十字を切る）
スプーキー　（十字架を壁に戻し、ピエールに向かって）主よ。
ピエール　主よ。

スプーキーはピエールにスケート靴を渡す。と、そのとき、クリーチャー・ナタウェイズが酔っ払って、躓きながら入ってくる。

クリーチャー　主よ！

クリーチャーは哀れなディッキー・バードを摑んで、荒々しく椅子に押しつけて座らせる。

ピエール　（両方のスケート靴を持って）両方揃ったぞ。見ろよ、揃ってる。
クリーチャー　ハレルヤ！　後はスケートの練習だな。
スプーキー　クリーチャー・ナタウェイズ、そんなありさまで私の家に入って来て欲しくありませんね。ラララに赤ん坊が生まれそうなんです。私は、自分の息子が生まれて初めて見るものが酔っ払いなんてのはご免ですよ……
ピエール　そりゃそうだ！

スプーキー　……あなたもです、ピエール・サン・ピエール。
クリーチャー　おお！　ウィリアム・ラクロワ、聖人ぶったまねはよしてくれ、おかまほるような宗教のばか話はやめてくんな……
スプーキー　……な、なんだと？……
クリーチャー　この小僧に説教たれてんだろ、ウィリアム・ラクロワ？　お前の飽きあきするお説教の練習台に？　やめとけよ、ウィリアム、この小僧じゃどうしょもねぇ。練習したいんなら、お前の古いお仲間を相手に説教しろよ。ビッグ・ジョーイにお説教だ。奴ならうってつけだぜ。
スプーキー　あなたはまた病んでいますね、そうでしょう、クリーチャー・ナタウェイズ？
クリーチャー　こいつの言うことなんか聞くんじゃねえぜ、ディッキー・バード。おめえはスプーキー・ラクロワに従って犬みたいに堕落している、いいか聞かしてやろう。こいつはなぁ、ヤクの代わりに、ヘアー・スプレーにクレゾール石鹸液、バニラ・エッセンス、靴磨き粉、ゼロックスの液、全部試してみた男だ。ウィリアム・ラクロワはチャンスがあれば、ゼロックスの機械だって刻んで食っちまったに違いねえさ……
ピエール　（その後ろで、からかうように）とんでもねえな！
クリーチャー　……こいつはキティ・ウェルズのレコードを飲んじまったこともある。自分のお袋を騙して、お袋のレコードを盗んで溶かして飲んじまったのさ……
ピエール　すげぇぜ、そりゃ！

ビッグ・ジョーイが入ってきて、ドアのところに見えないように立っている。

クリーチャー　……『グローブ・アンド・メイル』の新聞沙汰にもなった。盗みをやって、親友を裏切ったんだ……

スプーキー　アルフォンス・ナタウェイズ？　お聞きしたいのですが、なんのためにこんな話を？

クリーチャー　ああ、お前は悪だったぜ、ディッキー・バード、こいつは悪だった。十五年間。こいつは十五年間、ここからブリティッシュ・コロンビアのシカモスまでの歩道っていう歩道で酔っては反吐を吐き続けてきた……

スプーキー　シーッ！

クリーチャー　……それがこの男なんだ……

ビッグ・ジョーイ、突然笑い出し、みんなを驚かせる。全員が息を詰まらせ、その場に凍ったように立ち尽くす。

ビッグ・ジョーイ　……こいつが大声張り上げて、「主」の説教を垂れてるお方か！　ビーバーの絵なんかもう止めにして、こいつを五セント玉の絵柄にしなくちゃな、こいつぁ国のくだらねぇ象徴になるのさ、そんな話をしてんだろ、クリーチャー・ナタウェイズ？　こんな男になりてぇのかって、この小僧に言ってんだろ、クリーチャー・ナタウェイズ？（ディッキー・バードに近づいて）

二ドル札握らされたって女の前でおっ立たなかったこんな男みてえに？

スプーキー　（ひどく感情を害して）それなら、お前はこんな男になりたいのかい、ディッキー・バード・ホークト、少なくとも女の血もまともに見れないこんな男に、女の出産の血を見たとたん、むせて、吐いて、気絶しちまったこんな男に、驚いたねえ？

ピエール、暴力の匂いを感じて、こそこそと逃げ出そうとする。

ビッグ・ジョーイ　（コートの中から酒の瓶を取り出し）スプーキー・ラクロワ、igwani《イグワニ》 eeweepoonas-《エーウェーポーナス》keewuk.《ケーウック》［この世の終わりが来たぜ。］

ピエール、酒の瓶を見て、引き返し、再び座る。途中でティーカップを手に取り、飲む準備をする。

スプーキー　（ショックを受けて）そんなものは私の家に持ち込むな！

ビッグ・ジョーイ　今晩、俺たちゃ俺の女房の祝いをするんだ、スプーキー・ラクロワ、俺の女房の、すばらしい、どすばらしいガゼル・デルフィナ・ナタウェイズがワシー泣き女団のキャプテンになったんだ。居留地の歴史に残るぜ、スプーキー・ラクロワ。世界はいつも同じじゃねぇ。いいか、世界は今、俺様の上にある、おめえの昔の相棒に、おめえが決して忘れることがないって言った、おめえの昔の昔の相棒の上にだ。

スプーキー　ずいぶん前にお前に言ったはずだ、ビッグ・ジョーイ、俺の妹に、ここにいるこの子の母親に、お前があんなことをしでかした後に、もうお前は俺の友だちじゃない、と。俺の家から出て行け。出て行け！

ビッグ・ジョーイ　（クリーチャーにウィスキーの瓶を渡しながら）クリーチャー・ナタウェイズ、おめえのかみさんに乾杯だ。

クリーチャー　（瓶を高く上げて）俺の女房に、乾杯！

ピエール　（瓶のほうにカップを差し出して）おめえの昔のかみさんだろ。

ビッグ・ジョーイ　（突然静かに、親しみのあるようすで）ウィリアム、ウィリアムよ。おめえと俺。おめえと俺は、かつては相棒だったな、kigiskisin?《キギスキシン》［覚えてるか？］一九七三年春、サウス・ダコタ州、ウーンデッド・ニーでのことだ。俺たちはあそこの小さな湖の脇に俺のヴァンを止めて、湖を泳ぎ渡った、おめえは片道がやっとこさっとこで、帰りは泳いで戻れなかった。Kigiski-《キギスキ》sin?《シン》［覚えてるか？］だから俺たちは灌木の中を歩いて帰ってきたんだ。小さな湖の周りをずーっと歩いてな。はだしで、濡れたパンツいっちょうでな、ところが熊がおめえの後ろに出てきやがって、kigiskisin?《キギスキシン》［覚えてるか？］おめえはすっかりびくついちまった。

笑い。ピエールはできるだけパーティーの雰囲気を作ろうとするが、効果なし。クリーチャーはいらいらしながらビッグ・ジョーイとスプーキーを見ている。ディッキー・バードはただ座って、頭を下げ、椅子を前後にゆすっている。

スプーキー　（極度の不快感を見せて）お前だって怯えていたじゃないか、ははははは。
ビッグ・ジョーイ　おめえは本物の化け物「スプーク」に出会ったみてぇに怯えちまってよ、なあ？

間。ビック・ジョーイ、突然ほかの男たちに飛びかかる。

ビッグ・ジョーイ　わっ！

スプーキーを含め、男たちは飛びあがり、ウィスキーをそこいら中に撒き散らす。ビッグ・ジョーイはそれを見て笑う。男たちも笑う振りをする。

ビッグ・ジョーイ　それでおめえのあだ名はスプークになった……
スプーキー　お前だって怯えていたじゃないか、はははは。
ビッグ・ジョーイ　……仲間のところに戻るとクリーチャーと、ユージーンと、ザックと、ロスコー、ベーコン・エッグが俺たちを待っていた。たまげたぜ、あんなに笑ったこたぁなかったな。だが、おめえはみんなのところに戻っても、ちっとも笑わなかったぜ、俺たち聞いたよな、「どうしたんだよ、スプーク、こういうジョークは嫌いかい？」って。するとおめえはこう言った、「いいんじゃないか、いやあ、いいんじゃない」って。今思うと、おめえは心から笑っていなかった、なあ？　おめえはひどく……

スプーキー　いいじゃないか、いやあ、いいじゃないか。

ビッグ・ジョーイ　（クリーチャーとピエールから酒の瓶を取り戻して）だから今夜は、熊のおかげでスプーキーになったラクロワさんよ、俺たちの人生の新しいページを祝おうじゃねえか。ウーンデッド・ニーまで行った三人に乾杯だ！　ホッケー女版に乾杯だ！

ピエール　そのとおりよ。

ビッグ・ジョーイ　（瓶を高く上げて）俺様の女房に！

スプーキー　ふん！　そんなものは持ちこまないでくれ。

ピエール　スプーキ・ラクロワ、協力しろよ。一度でいいからよ。女どもが、女どもがホッケーをやるんだ。

クリーチャー　俺の女房に！

ピエール　元女房だろ。

クリーチャー　だまれ、歯なしのくそったれ。

スプーキー　ビッグ・ジョーイ、お前はもう俺の友だちじゃない。

ビッグ・ジョーイ、ついに、スプーキーの胸倉を荒々しく掴む。クリーチャー、飛びあがってスプーキーを押さえつけるのを助ける。

ビッグ・ジョーイ　おめえは一生の友を手放しはしねえさ、ウィリアム・ヘクター・ラクロワ、たとえおめえが、おめえの親父のニコチン・ラクロワの精霊の教えに背を向けて、熱心な新生クリスチャン信徒のふりをしていたって、そんなことはねぇよな。

スプーキー　放せ、クリーチャー・ナタウェイズ、放せってんだ！（ビッグ・ジョーイに）十七年前お前がこの子にしたことのために、ジョゼフ・ジェレミア・マクロード、お前は地獄行きだ。地獄へ堕ちろ！

ビッグ・ジョーイは瓶に残っているウィスキーでスプーキーを洗礼する。スプーキーはその場から離れ、ディッキー・バードを摑んで、ビッグ・ジョーイに突き出す。

スプーキー　この子を見ろ。この子は話すことすらできないんだ。十七年間ずっとだぞ！

ディッキー・バードは泣き叫び、その場から逃げ、壁から十字架を外して、泣きながらドアの外へ出て行く。スプーキー、崩れこみ、床の上で泣きはじめる。ビッグ・ジョーイはスプーキーを優しく立ちあがらせようとするが、スプーキーはビッグ・ジョーイを蹴り飛ばす。

スプーキー　放せ！　放せってんだ！

クリーチャー　（空の瓶を持ち上げ、泣き笑いして）乾杯だ、俺の女房に、俺の女房に、俺の女房に、俺の

女房に、俺の女房に……

ビッグ・ジョーイ、突然、襟を摑んでスプーキーを床から起こし、スプーキーの顔を拳で殴りつける。

暗転。

舞台暗闇の中から、女の嘆き悲しむ声とパックがホッケーリンクの板塀を打つ音が、不気味な感じで遠くから聞こえてくる。パックの音は広々とした何もない部屋の中で木霊しているかのようである。照明がディッキー・バード・ホークトとサイモン・スターブランケットを照らす。二人は、ホッケー場の「階段状の観戦席」で並んで立って、「アイス・リンク」を見ている（つまり、観客席を見下ろしている）。「観戦席」は上部舞台にあり、ナナブッシュのとまり木の真ん前にある。ディッキー・バードは相変わらずスプーキーの十字架を手にしている。サイモンもまだダンス用のバスルを手にしている。

サイモン　お前の爺さんの、ニコチン・ラクロワはシャーマンだった。とんでもない名前だけど、シャーマンだった。ここの老司祭、ブーシェ神父は、何年か前に――ああ、奴はひどい人だったたらめだよ。居留地のみんなにニコチン・ラクロワは悪魔と通じていると言いふらして信じこませた。でも――ニコチン・ラクロワはすばらしい人だった。だからお前に俺の結婚式で付き添い役をやって欲しいんだ。俺とパッツィは二か月後に結婚する。そう、決まったんだ。子どもが生まれるんだよ。そしたら、この夏には、サウス・ダコダまで行ってローズバッドのスー族と一緒に踊るんだ。

パウワウ祭りのドラムのリズムに合わせて脚を踏み鳴らしながら歌う。

サイモン 「……と俺は月になんて行きたくない、あの月はそのまんまにしておこう。俺はただこの夏はローズバッドのスー族と一緒に踊りたいだけなんだ、ヤア、ヤア、ヤア……」

サイモンは突然歌い出す。ディッキー・バードは彼に見とれ、特にサイモンが掲げているバスルにうっとりとしている。

このとき、ザカリー・ジェレミア・キーチギーシクが照明光の後ろからおずおずと現れる。ズボンをばかでかい安全ピンで辛うじて留めてある。女の嘆き悲しむ声とパックがホッケーリンクの板塀を打つ音は、今まさに大試合が行われようとしているホッケー場の喧騒に変わる。

ザカリー （サイモンに向かって）おい！

しかしサイモンには聞こえず、歌い続けている。

ザカリー ちょっと！

サイモン ザカリー・ジェレミアじゃないか。Neee《ネー》, watstagatch!《ワッタガチ》「おいおい、なんてこった！」

ザカリー　ヘラもあそこにいるのか？

サイモン　（「リンク」を指して）ああ、あそこにいる。

ザカリー　ああ、なんてこった……

サイモン　冗談さ。ヘラはあそこにはいないよ……

ザカリー　ふざけるなよ！

サイモン　……今はまだね。

ザカリー　（結局「観戦席」にいる若者たちに加わろうとする）お前がおとといの晩に話してくれたナナブッシュのこと覚えているか？　これから作ろうとしている小さい人型のジンジャーブレッド・クッキーに、その名前をつけたらどうだろう？　まず手始めにだ。いい考えだろ？

サイモン　Neee《ネー》［えっ］……

ちょうどそのとき、ビッグ・ジョーイが入ってきて、試合を実況中継しようとマイク・スタンドの前に進む。ザカリーは後ずさりし、できるだけ離れたところに立とうとする。

ザカリー　（「リンク」を見下ろして）そろそろ昼だろ。開始が遅れてるぞ。

ビッグ・ジョーイ　（大げさにあくびをしながら）そのとおりだ。俺とガゼル・ナタウェイズが……寝過ごしちまったんでな。

クリーチャー・ナタウェイズが慌てて入ってくる。

クリーチャー　（まだ独り言を言っている）……俺は言った。何度も言った……（他の男たちに向かって）畜生め！　ほんとうにやるのかよ？　畜生め！

スプーキー・ラクロワがあきらかに自分で編んだと思われる毛糸のマフラーを巻いて登場。スプーキーはまだ編物を続けていて、今回は空色の赤ちゃん用のセーターを編んでいる。片方の目の回りには黒いあざができていて、顔にはこれ見よがしにバンドエイドが貼ってある。ピエール・サン・ピエールを除き、男たちはみな「観戦席」に着き、劇場の観客席に向かって一列に並び立っている。ディッキー・バードは列の真ん中にいて、サイモンとスプーキーがそれぞれ彼の両脇にぴったりとくっついている。

スプーキー　開始が遅れるなんて縁起が悪い。私は知っています。先週の新聞の『解説』コーナーに載っていたゲイ・ラフリューのインタビュー記事を読みました。女のホッケーなんてうまくいかないでしょ。

スプーキーは、ガゼル・ナタウェイズが「リンク」に入ってくるのを見る。劇場の観客には見えない。（「リンク」上のホッケー選手たちは劇場の観客からは見えない。実際に見えるのは男たちだけである。）

スプーキー　見てごらん！　ガゼル・ナタウェイズのホッケー・セーター、胸のところをまあ大胆にカットしてある！

男たちの中から鋭い口笛とやじ。

クリーチャー　カットしてる？　臍《へそ》のとこまで切り下ろしてるぜ。
ザカリー　（咳払いをして）たばこの吸い過ぎなんだ。肺が悪いのさ。
ビッグ・ジョーイ　いいや。ガゼルが今日はいているパンツのせいじゃねえか。
ザカリー　（素早く理解して）くそったれ！
ビッグ・ジョーイ　（ザカリーに投げキッスをして）プシーちゃん。（「子ねこちゃん」の意。ザカリーの子どもの頃のあだ名である。）
スプーキー　おそるべし、おそるべし。（舌打ちして）ちっ、ちっ、ちっ。

ピエール・サン・ピエールは下部の舞台に現れ、舞台前方の「リンク」のほうへ危なっかしそうに滑って行く。レフェリーの上着を着て、首にはホイッスルをぶら下げている。

ピエール　（クリップボードから読み上げながら名前を消していく）ドミニク・ラドゥーシュ、ブラック・レディ・ホークト、アニー・クック、こがねむしのマクロード、けつでかのペガマガボウ……

サイモン　（大声を上げて）パッツィ・ペガマガボウだぞ、このばか。
ピエール　静かにしろ。俺はいま仕事中なんだ。……レナーダ・リー・スターブランケット、あの恐るべき物知り女、ばか娘聖女マリー、チキン・リップス・ペガマガボウ、ドライリップス・マニギトガン、小さな手のマニギトガン、リトル・ガール・マニトワビ、ヴィクトリア・マニトワビ、ベリンダ・ニッキーコーシメーニカニング、マーサ・トゥー・アクス・アーリー・イン・ザ・モーニング、女王陛下ガゼル・デルフィナ・ナタウェイズ、デリア・オペコキュー、バーブラ・ノーウェガボウ、グロリア・メイ・エシュキボク、ヘラ・キーチギーシク、大っきいメアリー・アン・パッチノーズ、小っちゃいメアリー・アン・パッチノーズ、クイーン・エリザベス・パッチノーズ、三つ子のマージョリー・ムース、マギー・メイ・ムース、マイティ・ムース、最後にはもちろん、俺のかみさん、ベロニク・サン・ピエール。よっしゃ、全員集合だ、そう願いたいね。世界が爆発するぜ！
スプーキー　それは私がずーっと言ってきたことだ！

ピエール・サン・ピエールは辛うじてスケート靴で立っているが、ふらふらして、何度もホッケー選手に踏みつけられそうになる。ビッグ・ジョーイ、マイクにむかって話している。他の男たちは「リンク」の女たちを見つめている。声援を挙げ口笛を吹く者もいれば、試合をけなすものもいる。

ビッグ・ジョーイ　ウエルカム・レディーズigwa《イグワ》［アンド］ジェントルメン、ようそこのワサイチガン・ヒル、ヒップ、ヒップ、ヒップ、ヒポドローム競技場へ。この話題の試合をお届けしますのは、私、ビッグ・ジョーイです――私は伊達や酔狂にビッグ・ジョーイなんて呼ばれているわけではありません――私はこのワサイチガン・ヒル競技場の会長兼最高経営責任者、そして、オーナーであります。本日みなさまにお届けしますのは、ホッケー史上初めての試合、マニトゥリン島で、この国で、いや、この地球上でも、いまだかつてなかった試合であります。さて……

クリーチャー　……ガゼル・ナタウェイズだ、1番だ……

ビッグ・ジョーイ　……選手たちは、淑女のみなさま……

スプーキー　……恐るべし、恐るべし……

ビッグ・ジョーイ　……igwa《イグワ》［そして］紳士のみなさま……

クリーチャー　……畜生め、あれは俺の女房だ、畜生め……

ビッグ・ジョーイ　……選手たちは、世界一、美しく……

サイモン　……やっつけろ、パッツィ・ペガマガボウ、やっつけろ……

ビッグ・ジョーイ　……愛らしく、死をも……

サイモン　（ザカリーに）……ほら、ヘラ・キーチギーシクだぜ、背番号9だ……

ビッグ・ジョーイ　……怖れぬインディアンの、……

スプーキー　……恐るべし、恐るべし……

ビッグ・ジョーイ　……女性たちです……

ザカリー　……俺の女房だ……

ビッグ・ジョーイ　……ワシー泣き女団です……（咳払いをして、ちょっとたたいてマイクをテストする）

ザカリー　……ああ、なんてこった……

クリーチャー　おい、ガゼル・ナタウェイズとヘラ・キーチギーシクが変な感じで見詰め合ってるぜ。何かよくねえことが起こるぞ、俺は言った、何度も言ったよな、よくねえことが起こるって……

スプーキー　これは主のお告げです。これがあの……

ビッグ・ジョーイ　背番号1番、ワシー泣き女団のキャプテン、ガゼル・ナタウェイズ、カヌー・レイク猛者《もさ》女団のキャプテン、背番号9番フローラ・マクドナルドと向かい合っています。さあ、レフェリー、ピエール・サン・ピエールがパックを落として、野生の亀のようによたよたと離れます……

サイモン　ええい、スプーキー・ラクロワ、俺のくさいパンツでも食らいやがれ、neee《ネー》［くそっ］……

ビッグ・ジョーイ　……さあ、背番号6番、ワシー泣き女団のライト・ウィング、ドライリップス・マニギトガンがaspin《アスピン》［行きます］……

ザカリー　……馬鹿みたいだぜ、俺に言わせりゃ。あの新しい用具に一万五千ドルも払ったなんて……

ビッグ・ジョーイ　……カヌー・レイク猛者《もさ》女団の背番号13番からパックをeemaskamat《エーマスカマット》［奪い］

クリーチャー　……試合中止だ！　試合中止だ！　試合中止だ！……

　などなど。

ビッグ・ジョーイ　……igwa《イグワ》 aspin《アスピン》 sipweesinskwataygew《シプウェーシンスクワタイゲウ》.［ゴールに向かって滑って行きます。］なんと、k'seegoochin《クスエーゴーチン》!［飛んでいるようであります！］（マイクを外して）クリーチャー・ナタウェイズ、うるせえぞ。（他の男たちに）この阿呆をここから追い出せ……

サイモン　イエー、パッツィー・ペガマガボウ！　パッーツィー！　パッーツィー！　パッーツィー！……

　などなど。

ビッグ・ジョーイ　（またマイクに向かって）……How《ハウ》［さて］、6番ワシー泣き女団のライト・ウイング、ドライリップス・マニギトガン、soogi《ソーギ》 pugamawew《プガマウェウ》 igwa《イグワ》 anee-i《アネーイ》 puck《パック》 igwa《イグワ》 aspin《アスピン》 center-《センター》line《ライン》 ispathoo《イスパソー》 ana《アナ》 puck《パック》［パックをシュート、パックはどんどん飛んでセンターラインに向かって］……

クリーチャー　（サイモンに向かって）黙れ。応援なんて止めろ……

ビッグ・ジョーイ　……ita《イタ》［そこで］レフト・ウイング9番、ヘラ・キーチギーシク……

サイモン　（クリーチャーに向かって）ふん、ほっといてくれ！　パッーツィー！　パッーツィー！　パッーツィー！……

などなど。

ビッグ・ジョーイ　……ワシー泣き女団、kagatchitnat《カガットチトトナット》［取りました］。How《ハウ》［さて］、9番ヘラ・キーチギーシク……（切らずに中継を続ける）

クリーチャー　……試合中止だ！　試合中止だ！　試合中止だ！……

などなど。

ザカリー　なんてこった、乱闘になっちまった！

クリーチャーは「試合中止だ」コールを続け、ザカリーは「何てこった、乱闘になっちまった」を繰り返し、サイモンの「パッーツィー！」コールは歌のようになり、床をドンドン踏み鳴らしているので、それがパウワウ祭りのドラムのように聞こえる。また、サイモンの踊り用のバスルは盾のように上に持ち上げられている。スプーキーはついにディッキー・バードから十字架を取り上げ、それを掲げて、儀式のときのように、大声で祈りを始める。ディッキー・バードはサイモンの歌とスプーキーの祈りに挟まれて、耳を両手で塞ぎ、びっくり仰天しながら「試合」を見ている。ピエールはホイッスルを吹き、狂った人形のようにあちこち滑っている。

スプーキー　主は羊飼い、わたしには何も欠けることがない。主はわたしを青草の原に休ませ、憩いの水のほとりに伴い、魂を生き返らせてくださる。主は御名《みな》にふさわしく、わたしを正しい道に導かれる。死の陰の谷を行くときも、わたしは災いを恐れない。あなたがわたしとともにいてくださる。死の陰の谷を行くときも、わたしは災いを恐れない。あなたがわたしとともにいてくださる……

スプーキーはこの最後のくだりを何度も繰り返す。ディッキー・バードはとうとう錯乱してしまい、叫びながら「リンク」のところへと走って下りていく。

ビッグ・ジョーイ　（他の男たちが上げる声もおかまいなく中継を続ける）……igwa《イグワ》 ati-ooteetum《アティオーテータム》 blue《ブルー》 line《ライン》 ita《イタ》 Number《ナンバー》 One《ワン》 Gazelle《ガゼル》 Nataways《ナタウェイズ》, Captain《キャプテン》 of《オブ》 the《ザ》 Wasy《ワシー》 Wailerettes《ウェイラーエッツ》, kagagweemaskamat《カガグウェーマスカマット》 anee-i《アネーイ》 puck《パック》, ma-a《マーア》 Number《ナンバー》 Nine《ナイン》 Hera《ヘラ》 Keechigeesik《キーチギーシク》 mawch《マウチ》 weemeethew《ウェーメーセウ》 anee-i《アネーイ》 puck《パック》. Wha《ワァ》! "Hooking《フーキング》," itwew《イトウェウ》 referee《レフェリー》 Pierre《ピエール》 St.《サン》 Pierre《ピエール》, Gazelle《ガゼル》 Nataways《ナタウェイズ》 isa《イサ》 keehookiwatew《ケーホーキワテウ》 her《ハー》 own《オウン》 team-mate《ティームメート》 Hera《ヘラ》 Keechigeesikwa《キーチギーシクワ》, wha《ワァ》! How《ハウ》, Number《ナンバー》 One《ワン》 Gazelle《ガゼル》 Nataways《ナタウェイズ》, Captain《キャプテン》 of《オブ》 the《ザ》 Wasy《ワシー》 Wailerettes《ウェイラーエッツ》, face-off《フェイスオフ》 igwa《イグワ》 meena《メーナ》 itootum《イトータム》 asichi《アシチ》 Number《ナンバー》 Nine《ナイン》 Flora《フローラ》

McDonald《マクドナルド》, Captain《キャプテン》 of《オブ》 the《ザ》 Canoe《カヌー》 Lake《レイク》 Bravettes《ブラベッツ》 igwa《イグワ》 Flora《フローラ》 McDonald《マクドナルド》 soogi《ソーギ》 pugamawew《プガマウェウ》 anee-i《アネーイ》 puck《パック》, ma-a《マーア》 Number《ナンバー》 Thirty-seven《サーティセブン》 Big《ビッグ》 Bum《バム》 Pegahmagahbow《ペガマガボウ》, defense-woman《ディフェンスウーマン》 for《フォ》 the《ザ》 Wasy《ワシー》 Wailerettes《ウェイラーエッツ》, stops《ストップス》 the《ザ》 puck《パック》 and《アンド》 passes《パスズ》 it《イト》 to《トウ》 Number《ナンバー》 Eleven《イレブン》 Black《ブラック》 Lady《レディ》 Halked《ホークト》, also《オルソー》 defense-woman《ディフェンスウーマン》 for《フォ》 the《ザ》 Wasy《ワシー》 Wailerettes《ウェイラーエッツ》, but《バット》 Gazelle《ガゼル》 Nataways《ナタウェイズ》, Captain《キャプテン》 of《オブ》 the《ザ》 Wasy《ワシー》 Wailerettes《ウェイラーエッツ》, soogi《ソーギ》 body《ボディ》 check《チェック》 meethew《メーセウ》 her《ハー》 own《オウン》 team-mate《ティームメート》 Black《ブラック》 Lady《レディ》 Halked《ホークト》 woops《ウープス》! She《シー》 falls《フォールズ》, ladies《レディーズ》 igwa《イグワ》 gentlemen《ジェントルメン》, Black《ブラック》 Lady《レディ》 Halked《ホークト》 hits《ヒッツ》 the《ザ》 boards《ボーズ》 and《アンド》 Black《ブラック》 Lady《レディ》 Halked《ホークト》 is《イズ》 singin'《シングイン》 the《ザ》 blues《ブルース》, ladies《レディーズ》 igwa《イグワ》 gentlemen《ジェントルメン》, Black《ブラック》 Lady《レディ》 Halked《ホークト》 sings《シングス》 the《ザ》 blues《ブルース》.

「ブルーラインに近づき、そこで1番ワシー泣き女団のキャプテン、ガゼル・ナタウェイズ、パックを奪おうとしますが、9番へラ・キーチギーシク渡そうとしません。わあ！「フッキング」と、レフェリーのピエール・サン・ピエールが言っています。ガゼル・ナタウェイズ、仲間のへラ・キーチギーシクをスティックで邪魔したもようです、わあ！さて、1番ワシー泣き女団のキャプテン、ガゼル・ナタウェイズ、再びカヌー・レイク猛者《もさ》女団のキャプテン、背番号9番フローラ・マクドナルドと向かい合います、そしてフローラ・マクドナルド、パックをシュートします。しかし37番ワシー泣き女団ディフェンス、けつでかのペガマガボウ、パックを受け止め、11番これもまたワシー泣き女団ディフェンス、ブラック・レディ・ホークトにパス、しかしワシー泣き女団のキャプテン、ガゼル・ナタウェイズ、すごい、ボディ・チェックを、同じチームのブラック・レディ・ホークトに与えています、おおっと！ブラック・レディ・ホークト倒れました、レディーズ　アンド　ジェントルメン、ブラック・レディ・ホークト壁にぶち当たり、元気ありません、レディーズ　アンド　ジェントルメン、ブラック・レディ・ホークト元気ありません。」（マイクを外して、他の男たちに）いったいあそこで何が起こってんだ？　ディッキー・バード、アイス・リンクから出ろ！（マイクに再び戻って）何と！　11番ブラック・レディ・ホークト即座に立ち上がりigwa《イグワ》 seemak《セーマク》 n'taymaskamew《ンタイマスカメウ》 Gazelle《ガゼル》 Nataways《ナタウェイズ》 anee-i《アネーイ》 puck《パック》［そしてカゼル・ナタウェイズからパックをひったくりました］、すごいです！　痛みを押さえながらも、怒り狂ったブラック・レディ・ホークト、再び滑って行きます、ターンしてねらいを定め、スラップショット打てるか、ladies《レディーズ》 igwa《イグワ》 gentlemen《ジェントルメン》, slap《スラップ》 shot《ショット》 keetnatch《ケートナッチ》 taytootum《タイトータム》 Black《ブラック》 Lady《レディ》 Halked《ホークト》 igwa《イグワ》 Black《ブラック》 Lady《レディ》 Halked《ホークト》 shootiwoo《シューティウー》 anee-i《アネーイ》 puck《パック》［レディーズ　アンド　ジェントルメン、ブラック・レディ・ホークト、スラップ・ショットを打つもようです、ブラック・レディ・ホークト、パックをシュート］、わあー！　彼女は自分のチームのキャプテン、ガゼル・ナタウェイズめがけて真っ直ぐにシュートしました、すげえぞ、すげえぞ、めちゃくちゃだぜ！

大混乱が起きる。奇想天外な夢がアリーナに起こったようである。女たちの嘆き悲しむ声と、何もない広々とした部屋の中で木霊してるような、パックの壁を叩く音が聞こえる。「観戦席」から男たちがみな一斉に大声をあげている。十七年前のブラック・レディ・ホークトの伝説となった出産事件が蘇ってくる。

ビッグ・ジョーイ　（恐怖でマイクを落とし）ああ、キリストさんよ！　この世に悪魔がいるなら、たった今ここへ入ってきたぜ。ああ、キリストさんよ！……（何度も何度も繰り返し言う）

ザカリー　あの女何とかしてやろうよ、頼むからよ、十七年前にもあの女何とかしてやろうってお前たちに言ったろ、なのにお前たちは何もしてやらなかったんだ。さあ行こう、あの女を助けてやろう……（繰り返し言う）

クリーチャー　気にするな、お願いだからよ、あいつは放っぽとけよ。巻き込まないでくれよ。お願いだからよ、俺を巻き込むんじゃねえ！……（繰り返し言う）

スプーキー　……死の陰の谷を行くときも、わたしは災いを恐れない。あなたがわたしとともにいてくださる……

繰り返し言う。一方、サイモンは歌いつづけ、足を踏み鳴らしている。

ピエール　（「リンク」の上から）気にすんな、ザカリー・ジェレミア、気にすんなって。あの女は大丈夫だ。いや、だめみたいだ。ザカリー・ジェレミア、来て助けてくれ。いや。大丈夫だ。いや、だめだ。大丈夫だ。だめだ。大丈夫だ。だめだ。助けろってんだ！　パックはどこだ？　パックがなきゃどうしょもねえぞ。パックはどこだ!?　どこだってんだ!?　パックは!?……

ピエールはこの最後の文句を何度も繰り返す。舞台中央と舞台前方の「リンク」の上で、ディッキー・バードが完全に「いかれて」、突然おかしな、でたらめのクリーの歌を歌い出す。徐々にビッグ・ジョーイ、ザカリー、クリーチャーも、ピエールの「パックはどこだ!?」のせりふを口にしながら、歌っているサイモン、祈っているスプーキーも一緒に、一同ばらばらに「リンク」に駆け下りて来る。舞台下部に下り、劇場観客席に近づくと、彼らの動きはスローモーションになる。そのようすは、くっつきやすい、ガムのような、すんなり通れない恐ろしい、超現実的な悪夢の固まりの中を通り抜けようとしているかのようにみえる。

ピエール／ビッグ・ジョーイ／ザカリー／クリーチャー　（止まろうとしているレコードのように、ますますゆっくりとなり）パックはどこだ!?　パックはどこだ!?　パックはどこだ!?……

などなど。

相変わらずサイモンは歌い足を鳴らし、スプーキーは祈りの最後の文句を吟唱し、ディッキー・バードはでたらめな歌を歌っている。この消えかかろうとする「音のコラージュ」の中から、キティ・ウェルズの『安酒場の天使を作ったのは神様じゃないわ』のイントロの部分を奏でるジュークボックスの音が聞こえてくる。まるで記憶のフィルターを通して流れてくるかのように。同時に、舞台上部に大きな発光するホッケースティックがどこからともなく現れ、ゆっくりとした動きで、巨大な発光するパックを打つ。パックには、燦然と輝く、しかし乱れた『聖母子像』のようなナナブッシュが、ブラック・レディ・ホークトの精霊として座っている。裸で、妊娠九か月、前後不覚に酔いしれていて、酒の瓶をやっと口まで持ってくる状態である。男たちは劇場観客席のほうを向いたまま立ち尽くしている。ディッキー・バードだけがでたらめな歌を歌い、ぐずるように泣きながら、ナナブッシュ／ブラック・レディ・ホークトのほうに腕を挙げる。巨大な発光するパックは舞台上部の縁で止まる。ナナブッシュ／ブラック・レディ・ホークトは何とか立ちあがろうと、千鳥足で自分の止まり木に向かう。ようやく辿り着くと、その上に片腕をついて倒れる。魔術的できらきら光る照明が揺らめき、初めて、ジュークボックスの姿が現れる。ナナブッシュ／ブラック・レディ・ホークトはよろめきながらやっとの思いでジュークボックスの上に登り、横を向いて立ち上がり、片腕をあげてビール瓶をかざし、自分の腹にビールをかける。後方では、満月が輝き始める。血のような赤である。ジュークボックスから、キティ・ウェルズの歌が聞こえる。

今宵ここに座ると、ジュークボックスが、
激しい人生の一こまの調べを奏でている。
あなたの言葉に耳を傾けると、
いい妻だった頃を思い出すわ。

神様じゃないわ安酒場の天使を作ったのは、
歌の文句にあるように。
子持ち男が独りもんだと思わせて、

好い娘をみんなだめにしちゃうのよ。

この歌の「間奏」部分でディッキー・バードはついに言葉を発し、金切り声でナナブッシュ／ブラック・レディ・ホークトの姿に向かって叫び出す。

ディッキー・バード　Mama!《ママ》 Mama!《ママ》 Katha《カサ》 paksini.《パクシニ》 Katha《カサ》 paksini.《パクシニ》 Kanawapata《カナワパタ》 wastew.《ワステウ》 Kanawa-《カナワ》pataw《パタウ》 wastew.《ワステウ》 Michimina.《ミチミナ》 Michimina.《ミチミナ》 Katha《カサ》 pagitina.《パギティナ》 Kaweechee-ik《カウェーチェーイク》 nipapa.《ニパパ》 Kaweechee-《カウェーチェー》ik《イク》 nipapa.《ニパパ》 Nipapa.《ニパパ》 Papa.《パパ》 Papa.《パパ》 Papa.《パパ》 Papa.《パパ》 Papa!《パパ》「ママ！　ママ！　落っこちないで。落っこちないで。光を見て。光を見て。それにつかまって。がんばって。放しちゃだめだよ。パパが助けてくれるから。パパが助けてくれるから。パパが。パパが。パパが。パパが。パパが。パパが。などなど」

ディッキー・バードは床に崩れ、じっと動かない。キティ・ウェルズが歌っている。

女がみんな悪いなんてひどいわ、
みんなうそあんたのような男も同じ思いをするなんて。
初めから心の傷は、
いつも男のせいよ。

神様じゃないわ安酒場の天使を作ったのは、
歌の文句にもあるように。
子持ち男が独りもんだと思わせて、
好い娘をみんなだめにしちゃうのよ。

歌が消えていく。最後に劇的に、高くバスルを掲げているサイモンと高く十字架を掲げているスプーキーの間、ビッグ・ジョーイの目の前、彼の足元に、ディッキー・バードが倒れる。ビッグ・ジョーイの頭上には大きな腹をしたナナブッシュ/ブラック・レディ・ホークトが点滅するジュークボックスの上に立っている。満月を背にしたシルエットで、ビール瓶を口元に掲げている。ザカリー、クリーチャー、ピエールはこの中央部分の一団から離れて、立ちすくんでいる。照明、ゆっくりとフェードアウト。

第一幕終了。

第二幕

照明が明るくなると、ディッキー・バード・ホークトが森の岩の上に立っている。服も髪も乱れている。彼はスプーキーの十字架を片手で握りしめ、夜空に向かって掲げている。彼はできるだけうまく、サイモンのように歌おうとしている。彼が歌っていると、ナナブッシュが離れた背後の暗がりから現れる（ガゼル・ナタウェイズの精霊として。巨大な胸はなく、今回はストリッパーの服装）。彼女はきょろきょろしながら、あたりをうろつきまわる。ゆっくりと、ディッキー・バードは岩を降りて、舞台の袖へ入っていく。彼の震え声で歌う声がだんだん消えていく。満月がかがやいている。照明、フェードアウト。

スプーキー・ラクロワの家のキッチンが照らし出される。以前十字架がかかっていた壁に、スプーキーが空色の小さな赤ちゃん用靴下を四つ、ピンで留めている。靴下は、第一幕では、十字架の四つの先端にそれぞれつけられていたものである。テーブルにはピエール・サン・ピエールとザカリー・ジェレミア・キーチギーシクがいる。ピエールはザカリーの手に掛けた空色の毛糸を、玉に巻いている。それから、スプーキーがテーブルに加わり、編物を再び始める。今回は空色の赤ちゃん用のボンネット帽を編んでいる。ザカリーはなくしたパンツ、パン屋の件、彼の妻のことで頭がいっぱいで、この場面ではみんなと少し離れて座っている。場には不安感と不吉な予感が漂い、男たちは肩越しに見たいという衝動にたえず抵抗しているかのようである。舞台上部では、柔らかい微かな光の中で、ナナブッシュ／ガゼルが止まり木に座っている姿が見える。ナナブッシュ／ガゼルは「男たち」が話し終えるのをじっと待っている。

ピエール　（声を震わせて）ワシー泣き女団はおしまいだ。ジェントルメン、俺の仕事も完全になくなっちまった。
スプーキー　主にそのことを感謝すべきです。
ピエール　ガゼル・ナタウェイズ、あの女、ただ氷の上で肉づきのいいセイウチみてぇにけつぷりぷり揺らして、シャッセ滑りを見せていただけじゃねえか。あんな試合、ジェントルメン、あんな試合は俺に言わせるとアポストロフィーよ……
ザカリー　カタストロフィーだろ。
ピエール　そう言ったぞ、馬鹿やろう……
スプーキー　……ちぇっ……
ピエール　……十分もレフェリーしなかったぜ。だけどなあ、ジェントルメン、あのスラップショットは……
スプーキー　……あれは私の妹です、ブラック・レディ・ホークト、私の妹……
ピエール　……あいつのスラップショット見たか？　すげぇぜ！　弾丸か、人食いサメさ。この世のもんじゃなかったな！
ザカリー　（不機嫌そうに）ああ、そうだな。
ピエール　ブラック・レディ・ホークトがガゼル・ナタウェイズにパックをぶつけたとき。ナタウェイズの目。大皿みてぇにでっかくなった！

スプーキー　水溜まりよりもでかかった！

ピエール　マスカラが落ちた後は見るも無残だ。ひでぇったらありゃしねぇ、信じられねぇくらいだ！　しかしな、いいか、あいつらパックを見つけられなかったんだ。

スプーキー　（冷静さを失い、神経質そうに、うそ笑いをする）見ましたか？　落ちましたよね……落ちましたよね……パックがパシッと、あの女の胸の上に……落ちてきて……落ちてきて……まっすぐストン……

ピエール　……まっすぐ落ちてストン、そうともさ……

スプーキー　……中へ……中へと……

ピエール　割れ目のほうへ。あのすげぇ恐ろしいナタウェイズの胸の割れ目のほうまっすぐ下に。

「台所の明かり」が一瞬消える。男たちには、なぜだかわからない。明かりが再びつく。当惑げに、男たちは回りを見まわす。

スプーキー　見たことですか……あの女……あれはホッケーセーターの胸を大きく切るからです、そう言ったでしょう。

ピエール　みんなはパックはあいつの、女の匂いがむんむんする、体のどこか、深い、深いところに滑りこんだと言ってるぜ……

ザカリー　……パックのことじゃみんな言いたい放題だな……

ピエール　……でも、なくなっちまったんだ。消えたんだよ。ないんだ。ちぇっ！　パックが見つかんねえのさ。

このときスプーキーは電気のスイッチを調べに立ちあがる。明かりが消える。

ザカリー　（暗闇の中で）あの女、そばに誰も近づかせない、という話だぜ。六インチ以内にはな。
ピエール　俺はパックを探しに行かなくちゃならねぇ。

明かりが再び点く。不可解なことにピエールは別の椅子に座っている。

ピエール　ジェントルメン、俺はあの女の体を揺さぶって来るぜ。

明かり再び消える。

ザカリー　（暗闇の中から）どうしたんだ、スプーク？
スプーキー　（ひどく動揺している）ああ、なんでもない、なんでもない……

明かりが戻る。ピエールは元の椅子に戻っている。男たちは一層不可解なようすだが、努めて明るく振る舞おうとする。

スプーキー　……ちょっと……明かりを調べに……インディアンの女王、そんなふうに見せたかったんですよ、氷の上で滑ってね。

ピエール　インディアンの女王か、なるほどな。あのとき、女たちは、ルールを無視して、きっぱりと自分たちのやり方でやろうと立ち上がったんだ……

ラベンダー色の明かりの魔術的な閃光が、あっという間に部屋を満たし、スプーキーの家のキッチンとナナブッシュの止まり木との関係をつける。止まり木にはナナブッシュ／ガゼルがずっと座っていて、いらいらしたようすで指でトントンたたきながら、「ちょっと、あんたたち、しっかりしてね」とでも言っているように、時々振りむく。ピエールの語り口はしばしの間スローモーションとなる。

ピエール　……どうしょうも……ねぇんだ……あの特別のパックが見つかるまでは、あいつらがもう一度ホッケースティックを……手にすることは。「特別のパック」、あいつらはそう呼んでいた。ジェントルメン、ワシー泣き女団は死んだ。俺の仕事もなくなっちまった。なしだ。おしめえだ、おしめえだ。くそ！

スプーキー　アーメン。

間。しばらく物思いにふけった沈黙が続く。

ザカリー　ど、ど、ど、どこだ、お前の甥っ子は、スプーク？

スプーキー　ディッキー・バード・ホークトですか？

ピエール　俺のかみさんの、ベロニク・サン・ピエールが言うにはよ、ディッキー・バード・ホークトを最後に見かけたとき、あいつは、藪ん中、ブズワの近くのペガマガボウの敷地のほうに向かって歩いていて、どう見てもようすがおかしかったそうだ、かわいそうによ。

ザカリー　ああ、なんてこった、よく聞けよ、スプーキー・ラクロワ、お前があの甥っ子を何とかしてやらないと、奴はふらーっと外へ出たまんま、今度は誰かを殺しちまうぜ。

スプーキー　ラララが子どもをもうすぐ産むのでなかったら、あの子と一緒に藪の中を歩いてやれる、しかし私はサドベリーの総合病院までラララを連れて行かなきゃいけないんだ。

ピエール　ちぇっ。あいつの家族ときたら、放ったらかしだ。ホッケーがなけりゃ、ビンゴで、毎晩遊び歩いてら、あいつのお袋のブラック・レディときたらよ。

ザカリー　きのうの晩も、ビンゴを当てたのはブラック・レディ・ホークトだぜ。五十ポンドの目方の……

ピエール　数字一個違いでガゼル・ナタウェイズを負かしたんだ！

ザカリー　……あの女が勝たなきゃ、今ごろ俺はアップルパイが作れていた。俺はあのラードの固まりを当てにしていたんだ。五十ポンドだぜ、畜生。

スプーキー　この狭くて古いキッチンはどうです？　お使いください、ザカリー・ジェレミア、いつでも、いつでも。ラララはラードを山ほど持っています。

ピエール　ほらな、いっぱいあるぜ。ザカリー・ジェレミアは、ここ一週間自分の家のキッチンに近づけねぇんだ。

ザカリー　まだ四日目だ！　今日はまだ水曜の晩だ、ピエール・サン・ピエール。嘘つくな、俺のパンツを取りに行けねぇ弱虫のくせに。

ピエール　なんだと！

スプーキー　（ザカリーに）あんたのパンツ？

ザカリー　（話をそらして）俺はブラック・レディ・ホークトが自分で出かけて行って、子どもの世話して欲しいね、あいつがやらなけきゃ、俺たちみんながトラブルに巻き込まれるぜ、変な予感がするんだ。（突然毛糸を投げ捨てて立ち上がる）そうだ！　パイ作らねぇと！

キッチンカウンターの後ろに行って、エプロンを着け、パイ生地を作る準備を始める。

スプーキー　（ピエールに向かって、半ば囁くように）あいつのパンツ？

ピエールはただ肩をすくめて、まだ大きな安全ピンで留めてあるザカリーのズボンを指す。スプーキーとピエールは神経質そうに笑う。スプーキーは十字架が掛けてあった壁に止めてある四つの小さな靴下を心配そうに見る。間。

突然、ピエールが片手でテーブルをぴしゃりと叩き、スプーキーのほうに体を傾け、前に何度も繰り返してきた議論を蒸し返す。この間中、ザカリーはキッチン・カウンターでパイ皮を作り、スプーキーは編物を続けている。「無理に」楽しくしてみせている仲間という雰囲気が広がる。その後、この雰囲気は音楽が大きくなるにつれてさらに高まる。ナナブッシュ／ガゼルはストリップを本気でする準備をしている。止まり木に立ち、香水をつけて、足を伸ばす、などなど。ジュークボックスの小さなティボリ・ライトが少しずつきらきら光り始める。

ピエール　クイーン・オブ・ハートだぜ。

スプーキー　ベルベデーレです。

ピエール　クイーン・オブ・ハートだ。

スプーキー　ベルベデーレです。

ピエール　何度も言ってるだろ、スプーキー・ラクロワ、あそこはクイーン・オブ・ハートだったんだ。俺はあそこにいた。お前もいた。ザカリー・ジェレミア、ビッグ・ジョーイ、クリーチャー・ナタウェイズ、俺たちみんないたんだ。

このあたりから、ジュークボックスの赤／青／紫の電飾（すなわちナナブッシュの止まり木）がはっきりと現れてくる。

スプーキー　だからあそこはベルベデーレ・ホテルだったと言ってるんです、ベルベデーレ・ホテルと呼ばれる前は、あそこはまだ……
ピエール　スプーキー・ラクロワ、年長者に口答えするんじゃねえ。ビッグ・ジョーイ、あいつは地獄に落ちちまえ、あいつはあの夜、あそこの用心棒だった、あの出来事のあった夜、あいつは確かにあそこにいたんだ。
ザカリー　おい、スプーク、のばし棒あるかい？
スプーキー　サラミでも使ってろよ。
ピエール　（スプーキーに）あいつはあそこにいた。
ザカリー　ビッグ・ジョーイは用心棒なんかじゃないさ、あいつは掃除夫だったんだ。
スプーキー　ベルベデーレ・ホテルのな。
ピエール　こだわるな、スプーキー・ラクロワ、こだわるなよ。ブラック・レディ・ホークトはあそこの酒場のいつもの隅に三週間は座っていた……
スプーキー　三週間だぁ!?　ほんの三日間くらいさ。ああ、あんたのせいで赤ちゃん用の帽子がごちゃごちゃだ。（編物をみんなもつれさせて）
ザカリー　シナモンあるかな？
スプーキー　チリ・パウダーがある。色だけはシナモンと同じだ。

ついに、ジュークボックスからストリップの音楽が流れ始める。

ピエール　……あそこはすげぇごった返していた、ビールを飲んだくれてる奴、歌い出す奴、たばこを吸ってる奴、ダンサーを見に来た奴らで……

スプーキー　……ガゼル・ナタウェイズ、あの女は踊り子だった……

音楽が大音量となり、ナナブッシュ／ガゼルのストリップも盛り上がっていく。彼女は目も覚めるような音とフラッシュするライトの中、ジュークボックスの上で踊る。スプーキーのキッチンは華美なラベンダー色の明かりで照らされている。ビッグ・ジョーイとクリーチャー・ナタウェイズがスプーキーのテーブルに現れ、互いにビールを飲んでいる。十七年前のストリップが忠実に再現され、過去の場面は白熱し、ナナブッシュ／ガゼルは魔法のようにスプーキーのキッチンテーブルの真上に踊りながら現れる。男たちはひどく興奮していき、拍手したり、笑ったりしながら飲んでいる。このようすはスローモーションとパントマイムの形で行われる。ストリップが最高潮に達し、ナナブッシュ／ガゼルがシルクの乳首隠しの房とGストリングスだけになると、男たちは自分たちの服を脱ぎ始める。

突然、サイモン・スターブランケットがスプーキーの家の戸口に現れる。ナナブッシュ／ガゼルは消えて、ビッグ・ジョーイとクリーチャーも消える。そしてスプーキー、ピエール、ザカリーはズボンを下ろしたまま、じっとしている。ジュークボックスの音楽が消えて行く。

サイモン　スプーキー・ラクロワ。

ラベンダー色の照明はぱっと消え、「現実」に引き戻される。スプーキー、ピエール、ザカリーはばつが悪そうに立っている。大慌てで、三人は服を着始め、ストリップをやる前の場所に戻る。スプーキーはサイモンにテーブルにつくよう促す。サイモン、座る。

サイモン　スプーキー・ラクロワ。ロージー・カカペタムがラララが赤ん坊を生むときここに来たいそうだ。

スプーキー　ロージー・カカペタムだって？　あの魔女が来て、邪悪な指で俺の息子を触るなんてまっぴらごめんだね。

サイモン　ロージー・カカペタムは魔女じゃない、スプーキー・ラクロワ。あの人はパッツィ・ペガマガボウの継母で、このワサイチガンで唯一人生き残ってるシャーマンでお産婆さんなんだ……

スプーキー　たわごとさ！

ピエール　（咳払いをして）ロージー・カカペタムが言ってたぞ。ワシー泣き女団が、オンタリオ・ホッケー・リーグに入っていない唯一のチームだってのは、泣くほど恥ずかしいとさ。

ザカリー　オンタリオ・ホッケー・リーグ？

ピエール　そのとおりよ。略してＯＨＬ。インディアンの女たちのＯＨＬだ。今やオンタリオにいるインディアンの女はみんなホッケーをやってるんだ。はやり病みたいによ。

ザカリー　くそっー。（パイを指して）この新しいパイ、うまくいくといいんだがな。
ピエール　シナモンなしじゃ、新しいパイとは言えねえぜ。
スプーキー　（サイモンに）俺の息子はサドベリーの総合病院で生まれるんだ……
サイモン　市の病院で生まれた子供たちがどうされてるか知ってるかい？
スプーキー　……サドベリーの総合病院では、サイモン・スターブランケット、他の善良なクリスチャンの男の子と同じようにだね……
ピエール　（言い争いを止めさせようと話題を変える。咳払いをして）俺たちはワシー泣き女団を、もう一度リンクに戻さなきゃならん。
サイモン　（スプーキーを捕まえておこうと）市の病院では赤ん坊が生まれてくるとすぐに母親の乳房から引き離して、科学の標本みたいに他の二百もの赤ん坊と一緒にガラスの檻に閉じ込めるんだ……
ピエール　……まるで二百もの小さなモンスターみたいに……
ザカリー　ハムスターさ！
ピエール　……そう言ったぜ、畜生……
スプーキー　……ちっ……
ピエール　……どのお袋がどのハムスターの親なのかさえわからねえ。ラララがサドベリーの総合病院で産むならよ、スプーキー・ラクロワ、おめえのハムスターは白人女の乳首にしゃぶりつくのが落ちだぜ。

サイモン　……そして奴らはラララの脚を鉄の鐙《あぶみ》みたいなものに突っ込ませて吊るし、だからあんたの赤ん坊は自然な形じゃなく、不自然なやり方で生まれてくるのさ。あんたがそうだったように……

ピエール　そう。おめえはサドベリーの総合病院で生まれた、スプーキー・ラクロワ、だからおめえは日に日にヘンチクリン、ヘンチクリンになっていくんだ。白人の奴らがヘンチクリンなのも、あの生まれ方のせいなんだ……

サイモン　……生まれ落ちる代わりに……

ザカリー　（両手で、スプーキーの顔に小麦粉を振りかけながら、笑って）……大地に帰れ、スプーキー・ラクロワ、大地に帰れ……

スプーキー　ふん！

ピエール　……しかしだ、俺たち、まずあのパックを見つけなきゃならねぇんだぜ、サイモン・スターブランケット、そんでワシー泣き女団はOHLに加盟しねえと……

スプーキー　（サイモンに）ロージー・カカペタムがシャーマンなら、サイモン・スターブランケット、どうして俺の甥っ子の狂っちまってる脳みそを治せないんだ、どうしてあの子をしゃべらせられないんだ、ええっ？

サイモン　それはだ、医療制度と、キリスト教会の制度、そしてスプーキー・ラクロワ、あんたみたいな人間がな、あの人みたいなどこにでもいた、役立つ大切な人を実際つぶしてきたからさ、そうだろスプーキー・ラクロワ。

スプーキー　馬鹿な！
サイモン　あんたとあんたの妹は、あのホッケー試合での事件以来、二日間あの子が家にいなかったことを知っているのかい、スプーキー・ラクロワ？　気にしているのかい？　なぜあんたやそれは……（スプーキーの脇に置いてある聖書を指して）そういったものは、あんたの言う、甥っ子の狂気を治すために味方してくれないんだ、スプーキー・ラクロワ？　いったいこれは……（再び聖書を指して）ここのインディアン社会やここみたいな国中のインディアン社会の狂気を治すために何かしてくれたのかい、スプーキー・ラクロワ？　あんたの言う「主」は、なんで十七年前にあの酒場にいた妹さんを助けに来てくれなかったんだ、ええっ、スプーキー・ラクロワ？（間。緊張した沈黙）ロージー・カカペタムは二か月後に俺の義理のお袋になる、スプーキー・ラクロワ、そしてパッツィと俺はちゃんと結婚して、みんなで一緒に力を合わせて、俺の結婚式の付き添い人のディッキー・バード・ホークトのことを、もう一度まともにしてやるんだ。そのためにも、ロージー・カカペタムがあんたの赤ん坊を取りあげなきゃならないんだ。

出て行こうとする。

スプーキー　（しっかりとした、抑えた声で）ロージー・カカペタムは悪魔に仕えている。

サイモンはその場で凍りつく。沈黙。それから踵を返して、椅子を荒々しく摑み、力強く床に置いて、決然と座る。

サイモン　いいだろう。俺はここに座って、待たせてもらうよ。

スプーキー　いいだろう。お前はそこに座って、待っていろ。

沈黙。みんなに背を向けて、サイモンは黙ってじっと座っている。

ピエール　（咳払いをして）気にするな、スプーキー・ラクロワ、気にするなって。前にも言ったように、ブラック・レディ・ホークトがクイーン・オブ・ハート・ホテルのあの店の片隅に陣取っていたときは、妊娠九か月だった。

スプーキー　ベルベデーレ・ホテルだ！

ピエール　三週間、ブラック・レディ・ホークトは、あそこに入り浸ったまんまビールを飲んでた。ホテルから三ブロック行ったところのエスパニョラ・ビンゴで大当たりしたんで金があったって話だ。三週間だ、間違いねえ、俺がこうして生きてて、足場の悪い凍った道を歩いてきたように確かなことだ、三週間、あの女はあの暗い片隅に一人で座ってたんだ。明かりといえばジョニー・キャッシュの『リム・オブ・ファイヤー』を流しているジュークボックスの明かりだけだったそうだ……

ザカリー　『リム・オブ・ファイヤー』うん、そうだった、ピエール・サン・ピエール。

スプーキー　キティ・ウェルズだ！　キティ・ウェルズだった！

『安酒場の天使を作ったのは神様じゃない』を流しているジュークボックスの音が微かに聞こえてくる。

ピエール　……あの店は、ごった返していた、飲んだくれてる奴、歌っている奴、タバコを吸っている奴、ダンサーを見に来た奴らで……

スプーキー　……ガゼル・ナタウェイズ、あの子は踊り子だったんだ、主よガゼルの魂をお救いください……

ピエール　……ブラック・レディ・ホークトがぶっ倒れちまうまではな……

スプーキー、ピエール、ザカリーは十七年前の光景を思い出すと戦慄が走り、その場に凍てついてしまう。

上部舞台では、ナナブッシュがブラック・レディ・ホークトの精霊の姿に戻り、ジュークボックスの上に座り、舞台客席のほうに向いて、脚を前に投げ出している。妊娠九か月、裸の姿で、ビール瓶を掲げ、前後不覚に酔っている。『安酒場の天使を作ったのは神様じゃない』の歌が、ボリュウムいっぱいに流れ、ジュークボックスの明かりが激しく点滅を繰り返している。赤い血のような色の満月が光っている。ナナブッシュ／ブラック・レディ・ホークトのすぐ真下に、ディッキー・バード・ホークトが跪いて、裸で、母のほうに向かって両腕を広げている。ナナブッシュ／ブラック・レディ・ホークトは苦しみ始め、叫ぶと同時にヒステリックに泣き笑う。そうこうするうちに、彼女は破水する。ディッキー・バードはびしょ濡れになり、ゆっくりと立ち上がって、両腕を上げたまま叫ぶ。

ディッキー・バード　ママ！　ママ！

ここから、舞台下部の場面が再開すると同時に、ナナブッシュとディッキー・バードの場の明かりと音楽はゆっくりと消えていく。

ピエール　……あの女の体からいろんなものが出てきた、クイーン・オブ・ハート・ホテルの酒場の床の上に。それからビッグ・ジョーイ、あいつは地獄で腐れ、あいつがあの夜あそこの用心棒だったんだ、あいつは血を見た途端、逃げちまって、カウンターの裏で吐いてやがった、あの女の血を見てすっかり怯えちまったのさ。そのときさ、スプーキー・ラクロワ、ディッキー・バード・ホークトがお袋の子宮からギャーギャーいって出てきたのは。ビール瓶に囲まれ、それも床の上、テーブルの下で、ジュークボックスの光に照らされて、土曜の晩、クイーン・オブ・ハート・ホテルでだ……

スプーキー　それで、みんなであの酒場にちなんで、あの子に名前をつけたんだろ、この役立たずの老いぼれ化石野郎！　あの酒場は、今じゃベルベデーレ・ホテルなんて呼ばれてるが、昔はディッキー・バード酒場《タバーン》って呼ばれていたんだ……

サイモン　（突然椅子から飛びあがり、スプーキーに飛びかかる）その忌々しい酒場の名前が何だろうが関係ない！

ナナブッシュとジュークボックスに注がれていた明かりと音楽は完全に消えている。

サイモン　大切なのは、あんなことは起きちゃいけなかったんだ、許しちゃいけなかったんだ、俺たちインディアンにも、神様が作った緑溢れるこの大地の上で生活しているどんな奴らにだって。

間。沈黙。それから、完全な鎮まり。

サイモン　あんたたちは諦めちまっている、そうだろ？　あんたたちの世代は。あんたたちはずっと昔に諦めたんだ。くそも出ないほどにびくついて、ついに起こった事実に向き合えないんだ。女たちがその手に力を取り戻そうとしていることや、命を送りだす力、それを守り続ける力を持っていたのは、あんたたち、男じゃなくて、いつだって女たちだったことにね。今あんたたちはそういうことに背中を向けて、笑ってるふりをしている、そうじゃないのか。

沈黙。

サイモン　いいか、俺は違う、俺たちは違う。

沈黙。

サイモン　こんなのは俺たちが受け継ぎたい大地じゃないんだ。（去りかけて、もう一度振り返る）また来るよ。パッツィと。そしてロージーも一緒に。

サイモン出て行く。再び困惑した沈黙。
スプーキー、ぞっとするような今の話を認めたくなくて、代わりに、サイモンが言ったことをそのまま実行する。背中を向けて、笑う振りをする。

スプーキー　あのバーは、今じゃベルベデーレ・ホテルなんて言っているが、昔はディッキー・バード酒場《タバーン》って呼ばれていた。それであの子の名前がディッキー・バード・ホークトになったんだ。だからあの子は時々おかしくなって、しゃべれないんだ。胎児アルコールなんとかかんとか言う、ピエール・サン・ピエール……
ザカリー　（まだパイ皮を作っているカウンターの後ろから）胎児アルコール症候群だ。
スプーキー　……赤ん坊の舌を盗んだのは悪魔なんだ、ディッキー・バード・ホークトが酔って、ひどく狂って生まれてきたからさ。十七年前のダウンタウン、エスパニョラのディッキー・バード酒場《タバーン》でのことだ。

ピエール ちぇっ、くそ。畜生、スプーキー・ラクロワ、俺は帰って休むよ。

スプーキーの顔に毛糸玉を投げつけ、不意に立ちあがって出て行く。スプーキーは顔とメガネに毛糸が絡まったまま座っている。

ザカリー （誇らしげに皿のパイ皮を掲げて）できたぜ！

照明、暗転。

舞台上部でナナブッシュ／ブラック・レディ・ホークト、止まり木から離れて、微かな光の中で夜の外出の準備をしている。鏡の前で髪を梳かし、洋服を着ている。ディッキー・バードが一緒で、彼は裸で、眠る準備をしている。スプーキーの十字架が脇のナイトテーブルの上に置いてある。ディッキー・バードは自分の母親と一緒に家にいると思っている。

ディッキー・バード ママ。ママ。N'tagoosin.《ンタゴーシン》［病気みたいだよ。］

ナナブッシュ／ブラック・レディ お祈りをしな。

ディッキー・バード Achimoostawin nimoosoom.《アチモースタウィン ニモーソーム》［おじいちゃんの話をしてよ。］

ナナブッシュ／ブラック・レディ 寝ちまいな。あたしはもう出かけるから。

ディッキー・バード　Mawch.《マウチ》 Achimoostawin《アチモースタウィン》 nimoosoom.《ニモーソーム》［いやだ。おじいちゃんの話をしてよ。］

ナナブッシュ／ブラック・レディ　おじいちゃんの話をすんじゃないよ。

ディッキー・バード　Tapweechee《タプウェーチー》 eegeemachipoowamit《エーゲーマチポーワミット》 nimoosoom?《ニモーソーム》［おじいちゃんが悪い魔法を使っていたのは本当なの？］

ナナブッシュ／ブラック・レディ　みんながおじいちゃんは悪魔に会っていたって言ってるんだよ。おじいちゃんは悪魔と話をしたのさ。おじいちゃんの話は止めな。

ディッキー・バード　Eegeemithoopoowamit《エーゲーミソーポーワミット》 nimoosoom,《ニモーソーム》 eetweet《エートウェート》 Simon《サイモン》 Starblanket.《スターブランケット》［サイモン・スターブランケットがおじいちゃんは良い魔法を使ってたって言ってたよ。］

ナナブッシュ／ブラック・レディ　しっ！　サイモン・スターブランケットだって。

ディッキー・バード　Mawch《マウチ》 eemithoosit《エーミソーシット》 awa《アワ》 aymeewatik《アイメーワティク》 keetnanow《ケートナノウ》 kichi,《キチ》 eetweet《エートウェート》 Simon《サイモン》 Starblanket.《スターブランケット》［サイモン・スターブランケットがこの十字架は僕たちにはよくないって言ってたよ。］

ディッキー・バードはナイトテーブルから十字架を取り、唾を吐きかける。
ナナブッシュ／ブラック・レディ、ディッキー・バードから十字架を取り上げ、彼を叩こうとするが、
ディッキー・バードはうまく避ける。

ナナブッシュ／ブラック・レディ　ディッキー・バード！　Kipasta-oon!《キパスタオーン》［お前は大罪を犯してる！］

マリア様への祈りを十回と主の祈りを二回唱えな。

ディッキー・バード　Mootha《モーサ》 apoochiga《アポーチガ》 taskootch《タスコーチ》 nimama《ニママ》 keetha.《ケーサ》 Mootha《モーサ》 apoochiga《アポーチガ》 m'tanawgatch《ムタナウガチ》 kisagee-in.《キサゲーイン》［僕のママなんかじゃない。僕が大嫌いなんだ。］

ナナブッシュ／ブラック・レディ　ディッキー・バード。黙りな。一緒に言ってあげるよ。「恵みあふれる聖マリア、主はあなたとともにおられます……」さあ。あたしは行かなくちゃいけないんだ。

　　ナナブッシュ／ブラック・レディ・ホークト、家を出ようとしながら。

ナナブッシュ／ブラック・レディ　「恵みあふれる聖マリア、主はあなたとともにおられます……」（諦めて）しっ！　パパがすぐに帰ってくるからね。（退場）

ディッキー・バード　（いなくなったナナブッシュ／ブラック・レディに聞こえるように大声で）Mootha《モーサ》 nipapa《ニパパ》 ana.《アナ》［あいつは僕のパパなんかじゃない。］

　　ディッキー・バードは洋服と十字架を掴むと、飛び出す。舞台下部に下りて来て光と影で作られた森へ入って行く。

ディッキー・バード　Tapwee《タプウェー》 anima《アニマ》 ka-itweechik,《カイトウェーチック》 chee-i?《チェーイ》 Neetha《ネーサ》 ooma《オーマ》 kimineechagan,《キミネーチャガン》 chee-i?《チェーイ》［みんなが言っているのは本当なんだ、そうでしょ？　僕にはパパがいないんだ、そうなんだね?」

ディッキー・バード、サイモンとザカリーが第一幕で初めてあった岩の上に座って。

ディッキー・バード　Nipapa《ニパパ》 ana《アナ》... Big《ビッグ》 Joey《ジョーイ》［僕のパパは……ビッグ・ジョーイ］……（静かに、独り言）……nipapa《ニパパ》 ana《アナ》...Big《ビッグ》 Joey《ジョーイ》［僕のパパは……ビッグ・ジョーイ］……（沈黙）

しばらくすると、ナナブッシュが跳ねるように元気よく森の中に入ってくる。陽気で若いパッツィ・ペガマガボウの精霊である。ばかでかい尻をしている。満月が光っている。

ナナブッシュ／パッツィ　（影の中をじっと見ながら、独り言）あーあ、かわいそうな私のお尻。氷の上で転んだのは四日前、よね？　それなのにまだ痛いわ、おお痛っ。（ほとんど裸姿で岩の上で縮こまっているディッキー・バードがやっと目に入る）ここにいたのね。あなたを探しに来たのよ。洋服はどうしたの？　ここは凍ってしまいそうよ。服を着なさい。さあ。（ディッキー・バードが洋服を着るのを手伝う）アリーナで何があったの？　リンクにいたでしょ、ね？　お話できる？　インディアン語で？　How《ハウ》, weetamawin《ウェータマウィン》.［さあ、私に話してみて。］

ビッグ・ジョーイとクリーチャー・ナタウェイズが離れたところに登場。彼らはマリファナを吸っていて、ビッグ・ジョーイは銃を持っている。彼らは立ち止まり影の中から見ている。

クリーチャー　あの女を見ろよ。

ナナブッシュ／パッツィ　どうしていつも十字架を持ってるの？　あたしは、そんなもの信じてないわよ。あたしの十字架は儀式に使ういい香りのするスイートグラスと交換しちゃったわ。ねえ、一緒にロージーの家に行って、インディアンの揚げパンを食べない？　サイモンもいると思うわよ。サイモンとあたし、結婚するの、知ってる？　赤ん坊が生まれるのよ……

クリーチャー　あの女、何しようってんだ？

ナナブッシュ／パッツィ　……ロージーのところには鹿の肉もあるわ、行きましょう、あたしの母さんの料理好きでしょ？（ディッキー・バードから十字架を取り上げようとする）でもね、ロージーは法王様が大嫌いだから、これは置いていかなきゃだめよ……（ディッキー・バードは十字架をひったくり返す）

クリーチャー　あの小僧、何しようってんだ？

ナナブッシュ／パッツィ　……それを頂戴……ディッキー……さあ……

クリーチャー　あの小僧変だな、ビッグ・ジョーイ、あの小僧おかしいぜ。

ナナブッシュ／パッツィ　……ここに置いていきましょう……ここなら大丈夫よ……雪の中に埋めておきましょう……

ふざけて、ナナブッシュ／パッツィはディッキー・バードから十字架を取り上げようとする。

クリーチャー　おい、止めろ、止めろって、おい、その小僧は気難しいんだ。

ディッキー・バードが面白半分に彼女を十字架で突つき、笑い始める。ナナブッシュ／パッツィは次第に怯え始める。

ナナブッシュ／パッツィ　……そんなふうにあたしを見ないで……ディッキー・バード、どうしたの？……えっ、ディッキー・バード、awus《アウス》［あっちに行って］……

ディッキー・バードがナナブッシュ／パッツィを摑む。

クリーチャー　おい、わかんねえのか、わかんねえのかよ……その小僧はおかしくなってきてんだよ？

ナナブッシュ／パッツィ　……awus《アウス》［あっちに行って］……

クリーチャー　何とかしてやらねえと、ビッグ・ジョーイ、何とかしてやらねえと。

ビッグ・ジョーイ、クリーチャーを止める。

クリーチャー　行こうぜ！　行こうぜ！

ナナブッシュ／パッツィ　（パニックになり）……Awus!《アウス》 Awus!《アウス》 Awus!《アウス》［あっちへ行って！　あっちへ行って！　あっちへ行って！］……

ディッキー・バードはナナブッシュ／パッツィを摑み、荒々しく地面に投げつけると、スカートを持ち上げ、十字架で突く。

ビッグ・ジョーイ　（クリーチャーに）黙ってろ。

ナナブッシュ／パッツィ　（叫び声をあげ、ヒステリー状態となる）……サイモン！……

ディッキー・バードは十字架でナナブッシュ／パッツィをレイプする。悲痛な、ゆっくりとした、感性に訴えるようなタンゴの曲が舞台袖のハーモニカから流れてくる。

クリーチャー　（ビッグ・ジョーイに）よせよ、やめろ！　行かせてくれ。ビッグ・ジョーイ、行かせてくれ、頼むから！

ビッグ・ジョーイ、突然クリーチャーの襟元を激しく摑む。

ビッグ・ジョーイ　帰れよ。ずらかるんだ。くそったれのおかま野郎め。ずらかるんだ。

クリーチャー、しゃがみこむ。

ビッグ・ジョーイ　ずらかれって言ってんだ。

クリーチャー、逃げる。ビッグ・ジョーイはただその場に立ち、麻痺したように、眺めている。ゆっくりと上部舞台に戻ったナナブッシュ／パッツィは、再び自分の止まり木の上に立っている（すなわち、「小さな山」／ジュークボックス、しかしもはやジュークボックスには見えない）。客席のほうに向かって立ち、苦悩の色を見せながら、ゆっくりとスカートを寄せ、ウエストのところまで持ち上げる。パンティーに血のあとが広がっていき、脚の間を流れる。同時に、ディッキー・バードは舞台下、岩の傍に立ち、十字架を持ち、それを下に向かって荒々しく突くような動作をしている。これらはすべてスローモーションで行われる。十字架から血が流れ出る。ディッキー・バードが十字架を持ち上げると、腕や胸に血がつく。ついに、ナナブッシュ／パッツィは崩れるように倒れ、這うようにゆっくりと去る。彼女を照らしていた照明が消える。舞台下部では、ビッグ・ジョーイがショック状態で、よろよろし、激しく吐いて気絶寸前となる。それからビッグ・ジョーイはディッキー・バードのほうにふらふらと行き、どうしていいのかわからぬままに、ディッキー・バードの洋服を集め、彼をなだめ始める。

ビッグ・ジョーイ　How《ハウ》, Dickie《ディッキー》 Bird《バード》. How《ハウ》, astum《アストゥム》. Igwa《イグワ》. Mootha《モーサ》 nantow《ナントウ》. Mootha《モーサ》 nantow《ナントウ》. Shhh《シッ》. Shhh《シッ》. [さあ、ディッキー・バード、おいで。行こう。大丈夫だ。大丈夫だよ。よしよし。よしよし。]

ビッグ・ジョーイ、やっとの思いで十字架をディッキー・バードから取り上げ、岩の上に素早く置く。それからディッキー・バードの血を拭き始める。

ビッグ・ジョーイ　How《ハウ》, mootha《モーサ》 nantow《ナントウ》. Mootha《モーサ》 nantow《ナントウ》. How《ハウ》, astum《アストゥム》, keeyapitch《ケーヤピッチ》 upisees《ウピセース》 ootee《オーテー》. Igwani《イグワニ》. Igwani《イグワニ》. Poonimatoo《ポーニマトー》. Mootha《モーサ》 nantow《ナントウ》. Mootha《モーサ》 nantow《ナントウ》. [さあ、大丈夫だ。大丈夫だよ。さあ、もう少しこっちへ。そうだ。それでいい。泣くのを止めるんだ。大丈夫だから。大丈夫だから。]

ディッキー・バードは感情の昂ぶりで震えながら、いぶかしげにビッグ・ジョーイの顔を覗き込む。

ビッグ・ジョーイ　Eehee《エーヘー》. Nigoosis《ニゴオーシス》 keetha《ケーサ》. Mootha《モーサ》 Wellington《ウェリントン》 Halked《ホークト》 kipapa《キパパ》. Neetha《ネーサ》...kipapa《キパパ》. [そうさ。お前は俺の息子だ。ウェリントン・ホークトはお前の父さんなんかじゃない。俺が……お前のパパだ。]

沈黙。二人はお互いに見つめあう。ディッキー・バードはビッグ・ジョーイを摑み、しがみつく。ビッグ・ジョーイも、始めはためらいがちだったが、次第に熱をこめて彼を抱く。ディッキー・バードはついに手がつけられないほど泣きじゃくる。照明、フェード・アウト。

暗闇の中から、銃声が聞こえる。激しい苦痛に満ちた、男の悲しげに叫ぶ声がする。それから戸を激しく叩く音がする。暗闇の中から、サイモン・スターブランケットの話し声が聞こえてくる。

サイモン　開けろ！　ピエール・サン・ピエール、開けるんだ！　いるのはわかってるんだ！

ピエール　（依然として、暗闇の中から）まあまあ！　落ち着け、落ち着け、ドアを叩くな。休んでいる真っ最中だぜ、そんなに大騒ぎをしなきゃならねえことなのかよ？

明かりがつくと、ピエール・サン・ピエールが酒の密売をしている小さな家の「窓」の外の情景が目に入る。ピエールがそこから頭を突き出す。パジャマを着て、とんがり帽子をかぶっている。

ピエール　うちへ帰れ。寝ちまえ。俺の休息を邪魔するんじゃねぇ。俺のかみさんの、ベロニク・サン・ピエールが言うには、今じゃOHLだけじゃなくて、NHLもあるんだとよ。インディアンの女たちのナショナル・ホッケー・リーグだ。カナダ中すべての居留地の女どもが、カナダ中すべてのインディアンの女どもが、今やホッケーをやってるんだ。はやり病みたいなものさ。だからよ、俺にはよけいに休む時間が必要なんだ。明日の朝一番で、ガゼル・ナタウェイズを揺すぶってパックを取ってこねぇといけねんだ。よく聞け、俺は長老だぞ。

サイモンは家に向かって発砲する。弾はピエールの頭を外れる。

サイモン　（ひどく落ち着き払って）一つ、ひと瓶よこせ。二つ、マニトゥリン警察署にあんたの密売をバラスぞ。三つ、あんたのくそ頭を撃ち抜いてやるぞ。

ピエール　わかった、わかった。

ピエールはウィスキーの瓶を取り出し、サイモンに渡す。

ピエール　さあこれを持って帰れ、静かに飲んでくれ。

サイモン、退場しようとすると、ピエールが叫ぶ。

ピエール　そんな銃を持って何をやらかすつもりだ？

サイモン　（叫び返す）俺はあのしゃべれない野郎をとっ捕まえるんだ。あのくそガキ、俺のパッツィ・ペガマガボウをレイプしたんだ。

サイモン、退場。

間。

ピエール　こりゃ大変だ！

間。

ピエール　あいつに知らせてやらねえと。いや、俺は休まねえと。いや、あの子に知らせてやんねえと。いや、あのパックを見つけなきゃよ。いや、ディッキー・バードの命だぜ。いや、パックだろ。いや、ディッキー・バードだな。いや、ホッケーだぜ。いや、あの子の命だって。いや、ホッケーだろ。いや、命だよ。ホッケーだっての。命だ。ホッケーだ。命だ。ホッケーだ。命だ。ホッケーだ。命だ……

フェード・アウト。

照明がスプーキー・ラクロワの家のキッチンを照らす。クリーチャー・ナタウェイズがテーブルに座り、黙ったまま、頭を両手で抱えている。スプーキーは、大急ぎで、白い洗礼用のガウンを編んでいる。ガウンの中央には大きな十字架がついている。スプーキーの聖書は脇にまだ置いてある。

スプーキー　なんで何もしなかったんだ？（沈黙）クリーチャー。

沈黙。ついに、スプーキーは手を止め、顔を上げる。

スプーキー　アルフォンス・ナタウェイズ、なんであの子を止めなかった？（沈黙）お前は、あいつが怖かったんだな、そうだろ？　ビッグ・ジョーイが死ぬほど怖いんだろ。そうなんだろ。（沈黙）

クリーチャー　（静かに、落ち着いて）俺はあいつを愛しているんだ、スプーキー。

スプーキー　何だって!?

クリーチャー　俺はあいつを愛しているんだ。

スプーキー　愛しているって？　どういう意味だ？　何だ、あいつを愛している？

クリーチャー　あいつを愛している。

スプーキー　主よ、ワサイチガン・ヒルにお恵みを！

クリーチャー　（突然立ち上がって）俺はあいつの立っている姿が好きなんだ。あいつの歩き方が。笑い方が。カウボーイ・ブーツを履いている姿が……

スプーキー　からかうんじゃない。

クリーチャー　……ぴっちりしたブルージーンズをはいたときのけつの格好良さ。頭の良さそうないかした口のきき方。女たちがあいつに惚れ込んじまうところも。俺はあいつみたいになりたいんだ。いつだってあいつみたいになりたいんだよ、ウィリアム。俺はいつだってあいつみたいなでかいチンポになりたかったんだ。

スプーキー　クリーチャー・アルフォンス・ナタウェイズ？　お前、自分が何を言っているのかわかってないぞ。

クリーチャー　俺は気にしねえぜ。

スプーキー　俺が気にする。

クリーチャー　俺は気にしねえ。俺はもう我慢できねぇんだ。

スプーキー　黙れ。お前は俺をいらいらさせる。本当にいらいらする。

クリーチャー　俺と一緒に来てくれ。

スプーキー　お前と一緒にどこへ？

クリーチャー　あいつの家だ。

スプーキー　誰の家だって？

クリーチャー　ビッグ・ジョーイの。

スプーキー　頭がおかしいんじゃないか？

クリーチャー　一緒に来てくれ。

スプーキー　いやだね。

クリーチャー　来てくれ。

スプーキー　いやだ。

クリーチャー　（突然激しくスプーキーの胸倉を掴んで）ふざけんじゃねぇ、スプーキー・ラクロワ！

スプーキーはしゃにむに洗礼用のガウンを守ろうとする。

クリーチャー 俺はお前が酔っ払ってくその中を這いつくばって鼻をフガフガ鳴らしてるのを見たことがあるぜ、ブタみてぇにな。

スプーキー 俺は生き方を変えたんだ、ありがとよ。

クリーチャー 二十一年。二十一年前だ。お前と、俺と、ビッグ・ジョーイ、ユージーン・スタープランケット、それにあのくそったれ野郎のザカリー・ジェレミア・キーチギーシクだ。みんな十八歳だった。俺たちは手首を切った。お前の親父のハンティングナイフで。血を混ぜ合わせて、一生の友だって、誓い合ったじゃねえか。フロンテナック・ホテルで、二十一年前だ。お前は七人の白人野郎に飛びかかられた。壊れたビール瓶を顔に投げつけられたんだ。俺がいなかったら、お前は今ごろここにはいねえ。ぶあつい肉みてえなくだらねえ聖書を俺の顔の前でぶらつかせることもできねぇ。俺は犬じゃねぇ。お前の仲間だ。友だちなんだ。

スプーキー わかってる。

クリーチャーはスプーキーを摑んでいる手の力を強める。二人は数インチしか離れていないお互いの目をじっと見る。沈黙。

クリーチャー　ウィリアム。お前の親父のことを考えろ。ニコチン・ラクロワの言葉を思い出せ。

長い間。

クリーチャー　「キリストさんを拝まない奴がそのまんま地獄行きだなんてことはない。インディアンの神様、グレート・スピリットと通じ合う道は数多く、数多くあるんだ。そしてそれらはどれも完全なものなんだ。あの神父さんたちが言っている、俺のこと、俺たちのことは正しくないんだ。我ら自身を尊敬せよ。すべての人間を尊敬せよ！」とな。覚えてるだろ？

長い間。ついに、スプーキーは叫び声をあげ、洗礼用のガウン、編物針などすべてを、テーブルの上の聖書に投げつける。

スプーキー　畜生、くそったれ！

暗転。遠くで銃声が聞こえる。

照明がビッグ・ジョーイの家の居間／キッチンを照らす。ビッグ・ジョーイが黙って身動きせず、ソファに座っている。彼は呆然として真っ直ぐ前を見詰めている。猟銃が膝の上に置かれている。ディッキー・バード・ホークトが等身大のマリリン・モンローのポスターの正面に、向き合って立っている。同じく呆然としたようすである。それから彼は自責の念からうつむく。ビッグ・ジョーイは銃を持ち上げ、弾を込め、正面にねらいを定める。弾丸が込められたときのカチッという音を聞き、ディッキー・バードが後ろに振り返る。そしてディッキー・バードは、ゆっくりとビッグ・ジョーイに近寄り、銃身の正面に跪き、銃口を口にくわえ、ゆっくりと手を伸ばし、彼の手を優しく撫で、その手をそっと、愛おしむかのように、引き金から外す。ビッグ・ジョーイはゆっくりとディッキー・バードの顔を見上げ、呆然となる。ディッキー・バードは自分の親指を引き金に置き、引く。カチャンという音。何も起こらない。無言で、二人は互いの目を見つめあう。完全な沈黙。照明、フェード・アウト。照明が完全に暗転する前のほんの一瞬、マリリン・モンローが放屁する。ミズ・ナナブッシュのいたずらである。「プッー」と書いてある小さな旗が、おもちゃのピストルのように、パンと音をたててモンローの尻から飛び出てくる。かわいい小さな「プッー」という音がする。

暗転の中からハーモニカの音が聞こえる。ザカリー・ジェレミア・キーチギーシクが自分の心境を吹いている。ピエール・サン・ピエールに照明が当たる。依然としてパジャマ姿だが、その上に冬用のコートをはおり、帽子を被って、「森」の中を走り、ディッキー・バード・ホークトにサイモン・スターブランケットが銃を持っていることを告げようとビッグ・ジョーイの家に急いでいるように見える。彼はぶつぶつと独り言を言っている。

ピエール ……ホッケーだ。命だ。ホッケー。命。ホッケー。命……

ザカリーが暗闇から現れ、ピエールを見かける。

ザカリー　おい！

ピエール　（ザカリーの声が聞こえない）……ホッケー。命。ホッケー。命……

ザカリー　ちょっと！

ピエール　（まだ聞こえていない）……ホッケー。命。ホッケー。命。

間。

ピエール　ホッケー命！

ザカリー　（ついに大声をあげて）ピエール・サン・ピエール！

ピエール、飛びあがる。

ピエール　ハレルヤ！　ニュース聞いたか？

ザカリー　インディアン居留地評議会は、ビッグ・ジョーイのラジオ局を承認した。

ピエール　世界中のインディアンの女たちが今やホッケーをやっている！　世界ホッケー・リーグだなんて奴ら自身のことを呼んでるぜ。先住民の女たちのＷＨＬなんだとよ。俺のかみさんの、ベロニク・サン・ピエールがたった今そのニュースをキャッチしたんだ。Eegeeweetamagoot《エーゲーウェータマゴート》 fax《ファックス》

machine《マシン》.［ファックスでな。］そこら中で激しく、猛威を振るっている、大流行の伝染病みたいだぜ。サスカチェワンのクリー族の女も、アルバータのブラッド族の女も、ヤキマの女も、かの太平洋のど真ん中のハイダ族も、キカプー、チカソー、チェロキー、チペワイアン、チョクトー、チッペワ、ウィチタ、オクラホマの南のカイオワ、セミノール、ナヴァホ、オノンダガ、タスカローラ、ウィネベーゴ、ミクマク族などパディ・ワック・ア・ボンだ！……

無我夢中でしゃべりながら、彼はズボンの股を摑んでいる。

ザカリー　ピエール。ピエール。

ピエール　……女どもは世界中をひっくり返そうとしてるんだ、俺たちの目の前でよ、首相が腹痛起こしてるぜ……

銃声がそれほど遠くないところから聞こえる。ピエールは突然身をかがめ、言葉の調子を下げる。

ピエール　畜生、大変だ！　あいつがディッキー・バードを探してんだ。真っ赤な目玉の、狂った悪魔が、ディッキー・バード・ホークトを追っかけてんだ。今すぐ止めなきゃよ、俺たちもみんな殺されちまうぜ。

ザカリー　誰が？　誰が俺たちを殺しちまうって？

ピエール　サイモン・スターブランケットだ。酔っぱらって、とんでもなく怒っているんだ。ウィスキーで半分いかれちまっててよ、銃を持っている。
ザカリー　サイモンが？
ピエール　あいつは酔っ払っててよ、おまけに凶暴で、殺そうってんでうろつき回っていやがる。

また銃声が聞こえる。

ピエール　聞こえただろ？
ザカリー　（独り言）あのサイモンが？　俺は……
ピエール　あいつはペガマガボウがレイプされたって聞いて……
ザカリー　ペガマガボウがどうした？
ピエール　なんだ、聞いてねえのかよ？　ディッキー・バード・ホークトがひでえやり方でパッツィ・ペガマガボウをレイプしたのよ、そんでサイモン・スターブランケットはディッキー・バード・ホークトを殺そうってんでうろついていやがるんだ、で、俺は今ビッグ・ジョーイの家に行くとこで、あいつの猟銃を借りて、ホークトの小僧の隣でことが収まるまで寝ずの番をするのよ、ずっとな。（退場）
ザカリー　（独り言）サイモン・スターブランケット。パッツィ……

暗転。

暗転の中から銃声が、かなり大きな銃声が聞こえる。そしてサイモンの嘆き声。

サイモン　あああああ、うわっ、うわっ！　ナナブッシュ！……

サイモンに照明が当たる。大きな岩の近くの森の中、まだ猟銃を抱えている。サイモンは半狂乱で、かなり酔っている。満月が輝いている。

サイモン　……ウェーサゲーチャック！　戻って来てくれ！　ロージー！　ロージー・カカペタム、彼に戻って来いと、逃げるなって言ってくれよ、俺たちは彼が必要なんだ……

ナナブッシュ／パッツィ・ペガマガボウの声が舞台上部の暗闇の中から聞こえてくる。その声はサイモンの頭の中で響いているようである。

ナナブッシュ／パッツィ　……彼女がでしょ……

サイモン　……彼だ……

ナナブッシュ／パッツィ　……彼女よ……

ゆっくりとナナブッシュ／パッツィに照明が当たる。舞台上部に立ってサイモンを見下ろしている。依然としてひどく大きな尻をつけている。

サイモン ……weetha《ウェーサ》［彼でも彼女でも――どっちでもねぇ］……畜生！ どっちなんだ？ 彼なのか、彼女なのか？ くそったれのふざけた言葉だぜ、畜生、英語は。ご立派な英語は、俺にはもう無理だ、クリー語じゃ“weetha《ウェーサ》”だ、［彼］でも［彼女］でもねえ、区別はねぇんだ。ナナブッシュ、戻って来てくれ！

彼／彼女が目の前にいるかのように、直接ナナブッシュに話しかける。サイモンには舞台上部に立っているナナブッシュ／パッツィは見えない。

サイモン ああ、大酒飲みめ、元気か？ 俺、元気。俺、すごくすごく元気。俺、見たよ、あんたを！ 俺、跳ねて行くの、見た、あんたが、こんなふうに、まぬけみてえに……

ナナブッシュ／パッツィ （彼女／彼は、サイモンに隠れていたずらをしているかのように）……そしてあんなふうに……

サイモン ……そしてこんなふうにそして……

ナナブッシュ／パッツィ ……あんなふうに……

サイモン ……そしてこんなふうにそして……

ナナブッシュ／パッツィ　……あんなふうに……
サイモン　……そしてこんなふうにそして……
ナナブッシュ／パッツィ　……あんなふうに……
サイモン　……エトセラ、エトセラ、エトセラ……
ナナブッシュ／パッツィ　……エトセトラ

間。

ナナブッシュ／パッツィ　彼女はここよ！　彼女はここよ！
サイモン　……ナナブッシュ！　ウェーサゲーチャック！……

ナナブッシュ／パッツィは冴えた魔法のような笑い声を響かせる。

サイモン　……あいつらはこの……な、ん、て、え、か……十字架を刺した、神聖なお前のカントに、痛かったか？　痛かったか？

サイモンは岩の上に置かれた血の付いた十字架を見て、ゆっくりと近づき、その前に跪く。

サイモン　なんてこった……（しばらく怒り狂った、ヒステリックな笑い声をあげ、やがてヒステリックな泣き声に変わる）……イエエエス……ノオオオオ……とんでもねえぞ！　十字架め！（十字架に荒々しく唾を吐く）この忌々しい十字架が……神様よぉ！　お前は男だ。お前は女だ。男なのか？　女なのか？　いいか、nineethoowan《ニネーソーワン》 poogoo《ポーゴー》 neetha《ネーサ》［オレはクリー語しか話さねぇんだ］……

ナナブッシュ／パッツィ　……まあ……

サイモン　……keetha《ケーサ》 ma-a《マーア》?［どうなんだよ？］……だめだ。英語なら彼だ……

ナナブッシュ／パッツィ　……彼女よ……

サイモン　……彼だ……

ナナブッシュ／パッツィ　……彼女よ……

サイモン　……彼だ！……

ナナブッシュ／パッツィ　……彼女よ！……

サイモン　……どんなときでも……

ナナブッシュ／パッツィ　……どんなときでも……

サイモン　……チェッ、チェッ、チェッ……

ナナブッシュ／パッツィ　……チェッ、チェッ、チェッ。

サイモン　神様なら、クリー語じゃ女でもあり、男でもある、でも英語じゃ男だ、そんなら何であんたにはカントがあるんだ……

ナナブッシュ／パッツィ　……子宮よ。

ここで、サイモンはついにナナブッシュ／パッツィを見て、大声で呼ぶ。

サイモン　パッツィ！　けつでかのペガマガボウ、おまえは世界一でかいパックに向かって氷の上を飛ぶように滑っていた。見てみろ、パッツィ、あいつらがお前のあそこに何をしたか……

ナナブッシュ／パッツィは自分のスカートを持ち上げて、下着についている血のしみを見せる。それから尻につけていた大きなパットを外し、片手に抱える。

サイモン　おい！

次に、ナナブッシュ／パッツィは鷲の羽根を掲げ、踊る準備をする。サイモンはリズミカルに、足で地面を鳴らし、歌う。

サイモン「……と俺は月になんて行きたくない、あの月はそのまんまにしておこう。俺はただこの夏はローズバッドのスー族と一緒に踊りたいだけなんだ、ヤア、ヤア、ヤア……」

サイモン、歌う。サイモンとナナブッシュ／パッツィの二人は踊る。サイモンは下部舞台で猟銃を掲げて、ナナブッシュ／パッツィは上部舞台で鷲の羽根を掲げて踊っている。

サイモン　How《ハウ》, astum《アストゥム》, Patsy《パッツィ》, kiam《キアム》. N'tayneemeetootan《ンタイネーメートータン》.［さあ、パッツィ、気にすんな。行って踊ろう。］

ザカリー・ジェレミア・キーチギーシクが少し離れた暗闇から呼びかける声が聞こえてくる。

ザカリー　おい！

しかしサイモン、ナナブッシュ／パッツィは気に留めない。

ナナブッシュ／パッツィ　……n'tayneemeetootan《ンタイネーメートータン》 South《サウス》 Dakota《ダコタ》?［サウスダコタに行って踊る？］

……

サイモン　……how《ハウ》, astum《アストゥム》, Patsy《パッツィ》. N'tayneemeetootan《ンタイネーメートータン》 South《サウス》 Dakota《ダコタ》.［さあ、パッツィ。サウスダコタに行って踊ろう。］おい、パッツィ・ペガマガボウ……

サイモンはやっとナナブッシュ／パッツィに近寄り、片手を差し出す。
ナナブッシュ／パッツィは自分の片手を彼のほうに差し出しながら。

ナナブッシュ／パッツィ　……サイモン・スターブランケット……

サイモン／ナナブッシュ／パッツィ　……eenpaysagee-itan《エーンパイサゲーイタン》［死ぬほど愛している］……

ついにザカリーがおずおずと暗闇から登場。きれいな、できたてのパイを持っている。ナナブッシュ／パッツィが消える。

ザカリー　（遠くから叫ぶ）おい！　パイいらないか？

サイモン　（沈黙。叫び返す）なんだ!?

ザカリーが見えなくて、用心深くあたりを見まわす。

ザカリー　パイいらないかって、言ったんだ。

サイモン　（多少困惑した顔つきで、叫び返す）何？

ザカリー　（サイモンにゆっくりと近づく）パイいらねえか？

サイモン　（沈黙。ついに、ザカリーを見つけ、銃で狙う）なんのパイだ？

ザカリー　りんごだ。できたてだぜ。まだあつあつだ。

サイモン　（長い間）くれよ。

ゆっくりと、ナナブッシュ／パッツィがその場に登場。サイモンの後ろにやってきて、儀式のときのように、サイモンのダンス用バスルを前に抱えている。

ザカリー　いいだろ。でもまず銃をこっちに渡してくれよ。

銃が偶然にも暴発し、ザカリーの頭をかすめる。

ザカリー　俺は、まずその銃を渡してくれって言ったんだ。

次第に、ダンス用バスルがナナブッシュ／パッツィの両手の中でちらちらと光り、踊り始める。

サイモン　パッツィ。パッツィに会わなくちゃ。

ザカリー　お前と俺とパッツィとヘラで。みんなでパイを食べよう。できたての、あつあつのアップル・パイを。それから、サドベリーに行って、あのモバートの機械を見てこようじゃないか、どうだ？

きらきら光るバスルが空中を舞いはじめ、不思議な、踊っているようなアーチを形作る。ナナブッシュ

／パッツィがサイモンの前にこのバスルをうまく誘導し、一瞬彼を隠す。この後ろで、サイモンがライフルの銃底を地面に落とし、暴発させてしまう。銃弾がサイモンの腹に当たる。彼は地面に倒れる。ザカリーはパイを放り投げ、サイモンに駆け寄る。バスルのきらめきは、ナナブッシュ／パッツィの巧みな誘導によって、森の暗闇の中に消えていく。

ザカリー　サイモン！　サイモン！　ああ、なんてこった……大丈夫か？　大丈夫なのか？　サイモン。サイモン。何か話せよ。お願いだ、何かしゃべってくれよ、サイモン。Ayumi-in!《アユミーイン》［話せよ！］

サイモンはやっと口がきける状態で、大きな岩の脇の地面に崩れるように倒れて行く。

サイモン　Kamoowanow《カモーワノウ》 ... apple《アップル》 ... pie《パイ》 ... patima《パティマ》 ... neetha《ネーサ》 ... igwa《イグワ》 Patsy《パッツィ》 ... n'gapeetootanan《ンガペートータナン》 ... patima《パティマ》...apple《アップル》...pie《パイ》...neee《ネー》.［みんなで……アップル……パイを……食べよう……あとで……俺と……パッツィが……あとで……一緒に行くから……アップル……パイを……あー。］

サイモン、息を引き取る。

ザカリー、サイモンの身体に覆い被さるように跪く。満月がいっそう赤々と輝いている。

ザカリー　ああ、なんてこった……畜生！　畜生！　どうなってんだ？　ここはどうなってんだ？　ここはどうなってんだ？　ここの人間はどうなってんだ？　俺たちインディアンは。こいつだって死ななくてもよかった。死ななくたってよかったんだ。一番馬鹿げた死に方だ……理屈に会わねえぞ……こんな生活はまっぴらだ。まっぴらだ！（話しながら、空に向かって叫び声を上げる）あああああ、主よ！　神様！　インディアンの神様！　白人の神様！　くそったれの全能神よ！　名前なんて何だってかまいやしねぇ。何でこんなことを俺たちにするんだ？　何でこんな目に会わすんだ？　いったいあんたは天にいるのか？　それともあんたは馬鹿か、酔っ払いのくそったれか、くそ忌々しい雲の中に隠れてすげえビールがいっぱいの天のテーブルの下で酔いつぶれているのかよ？　降りてきたらどうなんだ！　Astum《アストゥム》 oota《オータ》!［ここに降りてこい！］どうして降りてこないんだ？　天の大層な忌々しい御座ってのから降りてみやがれってんだ、降りてきて、この馬鹿げた、馬鹿げた、くそ馬鹿げた生活を止めさせる根性を見せてくれよ。俺はまっぴらだ。まっぴらだ、まっぴらだ、まっぴらだ、まっぴらだ、まっぴらだ……

ザカリーはサイモンの体の上に身を崩して泣く。照明、フェード・アウト。このザカリーのせりふが終わりに近づくにつれて、明かりがナナブッシュを照らし始める。止まり木（すなわち、ジュークボックス）がくるくるとまわっていて、ナナブッシュは便器に座って排便している。彼／彼女は老人じみた白髪のひげとかつらをつけていて、同時にセクシーで、エレガントな女物のハイヒールを履いている。白い、ふわふわした雲に囲まれて、彼女／彼は脚を組んで、平然と指の爪にやすりをかけている。照明、フェード・アウト。

ビッグ・ジョーイの家のリビングルーム／キッチンに照明が灯る。ビッグ・ジョーイ、ディッキー・バード・ホークト、クリーチャー・ナタウェイズ、スプーキー・ラクロワ、ピエール・サン・ピエールたちがさまざまな場所で、一言も口をきかずに、立ったり、座ったりしている。二十数えるぐらいの間、静寂が部屋に広がる。ディッキー・バードはビッグ・ジョーイの猟銃を抱えている。突然、ザカリー・ジェレミア・キーチギーシクが、半狂乱で入ってくる。ディッキー・バードが真っ直ぐザカリーの頭をライフルで狙う。

クリーチャー　ザカリー・ジェレミア！　ここに何しにきた？

ビッグ・ジョーイ　てめぇのパンツを探しにきたんだよな、ザック？

ビッグ・ジョーイはソファから、ディッキー・バードに銃を下ろすよう指示する。ディッキー・バードは言われたとおりにする。

ザカリー　（ビッグ・ジョーイに）お前ってのは信じがたい奴だな。お前はくそ信じがたいぞ。この小僧に、自分の息子にお前はひでぇことをさせたんだからな……

クリーチャー　そんなことこいつに言うな、ザカリー・ジェレミア、言うんじゃねぇ……

ザカリー　（クリーチャーを無視して）お前はこの子がやったことをわかってて、この子をかくまってる、あまりにもひでぇんじゃないか？

スプーキー　ザカリー・ジェレミア、お前らしくないぞ……

ピエール　そう、らしくもねえな。気違ぇみてえなしゃべり方だぜ。

ピエール、暴力沙汰になりそうな気配を感じて、戸口からこそこそ出ていく。

ビッグ・ジョーイ　（ザカリーに）こいつは自分が何をしたのか、よくわかっちゃいねぇんだ。

ザカリー　冗談じゃない！　救急ヘリがパッツィ・ペガマガボウをサドベリーに間に合うように連れて行けるかどうかわからねぇんだぞ。サイモン・スターブランケットはたった今自分自身を撃って死んじまった、この子には責任が……

サイモンがゆっくりと地面から起き上がって、「夢遊病者」のようにみんなの前を通って、満月のほうに向かって、上部舞台まで歩いて行く。男たちは彼の通りすぎる姿を、ただ漠然と気づくのみである。

ビッグ・ジョーイ　こいつには何の責任もねぇ。

ザカリー　サイモン・スターブランケットはサウス・ダコタに行くはずだった。そこで何かを学んで、成功するはずだったんだ。十七年前にお前が行って、完全なくそ野郎になっちまった場所さ……

クリーチャー　黙れよ、ザカリー・ジェレミア、あれは昔のことだぜ……

スプーキー　……昔のこと……
クリーチャー　……頼むからよ……
ザカリー　お前が民族のために見ていた溢れんばかりの夢はどうなっちまったんだ？　たった今死んじまったあの若造とおんなじ夢は。
スプーキー　（ビッグ・ジョーイに、しかし彼を見ずに）それに俺の妹、ブラック・レディ・ホークトだって、十七年前のあの酒場で、ビッグ・ジョーイ、お前があいつの酒をやめさせて、あいつを家に連れて帰っていれば、こんなことは絶対に起きなかったんだ。あいつの腹の中にはお前の息子がいたんだぞ。
クリーチャー　こいつは見逃したんだ。こいつは俺にも何もさせなかった。こいつはただじっと突っ立ってて、起こったことを全部眺めてて……
スプーキー　クリーチャー・ナタウェイズ！
クリーチャー　俺は気にしねえぞ。話してやるぜ。こいつはこの小僧がパッツィ・ペガマガボウにあれしちまうのを眺めてやがったんだ……
ビッグ・ジョーイ　（突然クリーチャーのほうを向いて）このおかま野郎めが！

ディッキー・バードはライフルの柄の部分でクリーチャーの背中を殴り、気絶させる。

スプーキー　何でだ、ビッグ・ジョーイ、何でそんなことを？

沈黙。

ザカリー そうだ、ジョー。なぜだ？

長い沈黙。男たちは揃ってビッグ・ジョーイを見つめる。

ビッグ・ジョーイ （鬨の声をあげるように、両腕を挙げて）「これは偉大なる民族の苦悩の終わりであります！」あれが俺さ。一九七三年の春、サウス・ダコタのウーンデッド・ニーで。ＦＢＩが。あいつらが俺たちを地面に叩きつけたんだ。何度も何度も、繰り返しな。あの春以来ずっと、股の間から血が流れる夢を見るようになった、流血と空虚感、ほかには何もない。それは……自分がなくなっちまったようなもんだ。だからこの子がキャロラインの、ブラック・レディから生まれ出てくるのを見たとき……ガゼルはあのとき踊ってて……すべてが血だらけで……こうなるってのはわかってたんだ……俺は……俺はあんな事態は避けようとしたが……いかれてたんだ。自分がしたことがわからねぇ……俺のせいだというのはわかっていた……

ザカリー 何でだ？ 何であの子を放っておいたんだ？ 何でだ？ 何で放っておいたんだ？ 何でだ？ 何で放っておいたんだ？ 何でだ？ 何で放っておいたんだ？ （ついにビッグ・ジョーイの胸倉を摑む）何でだ⁉ 何であの子にあんなことをさせちまったんだ⁉

ビッグ・ジョーイ、ザカリーの腕を振りほどく。

ビッグ・ジョーイ　何でかって、俺はあいつらが大嫌いなんだよ！　俺はくそ忌々しいメスッコロが大嫌いなんだ。だってあいつらは――インディアンの女どもは――かってＦＢＩどもがやりやがったよりもずっと速く、力を俺たちから奪い取りやがった。

スプーキー　（そっと、背後で）女はいつだって力を持っていたんだ。

沈黙。

ビッグ・ジョーイ　そういうことだ。疲れたよ。疲れた。（ソファに崩れ落ち、泣く）

ザカリー　（優しく）ジョー。ジョー。

照明、フェード・アウト。

暗闇の中から、サイモン・スターブランケットの歌う声が聞こえてくる。ナナブッシュの止まり木のはるか上に、月が、煌煌と堂々と輝いている。月を背にして、パウワウ祭りのバスルを身につけたサイモンの姿がシルエットで映る。サイモン・スターブランケットが月の光の中で踊っている。照明、フェード・アウト。

アイスホッケー場の「リンク」に照明が点く。競技場ではピエール・サン・ピエールが、レフェリーの制服ですっかり身を固め、クリーチャー・ナタウェイズやスプーキー・ラクロワと噂話をしている。クリーチャーは、四苦八苦しながら、ピンクの赤ちゃん用靴下を編んでいる。スプーキーは空色の毛糸の毛布で包まれた、生まれたての赤ん坊を抱いている。大試合直前の、アイスホッケー場の騒音が聞こえてくる。

ピエール　……かみさんがこう言ったんだぜ。「あんた、知ってた、ピエール・サン・ピエール？ガゼル・ナタウェイズがザカリー・ジェレミア・キーチギーシクのパンツをソファの下で見つけて、洗って、すごく素敵な箱に入れて、すっかり包んで、ご丁寧にも香水振りかけて、ヘラ・キーチギーシクの家までしゃなりしゃなり歩いていって、ヘラに渡したんだって。あたし、心臓が止まるかと思ったわ」ってかみさんが言うんだぜ。「おまけにねぇ」とかみさんがよ、「ヘラがその箱を開けたとき、ほかでもない、ザカリー・ジェレミア・キーチギーシクのカラー写真が、パンツの上にのってたんだって言うのよ……

ピエールに見られないように、ザカリーが彼らに近づいて来る。パン屋の帽子を被り、のばし棒を持っている。

ピエール　……生まれたまんまの姿で。それでヘラ・キーチギーシクは気違いみたいになっちゃったんだって、狂ったトラみたいに。で、ガゼル・ナタウェイズの髪の毛をかきむしっちゃってね、そんでガゼルの髪がかつらだってことがばれちゃったのよ……」とさ。考えてみやがれ。ここ数年のことをよ。「……ヘラはガゼルをぶん殴って、ぶん殴って、今にも崩れそうな凍った戸口の上がり段に打ちつけたんだってさ。そしたらそのとき、ついにナタウェイズの大きなオッパイから『あのパック』がふにゃふにゃになって出てきたのよ」だと。だからジェントルメン、いいかい？　ワシー泣き女団は復活だぜ！

クリーチャー　ありゃりゃりゃ！

スプーキー　驚いたね！

ピエール　そこで俺が（ついに、そばで、すべてを聞いていたザカリーを見て）……ありゃ、まあ……（スプーキーの赤ん坊のほうに素早く向きを変える）……こんにちは、クーチー・クーチー・クー。ようこそ、この世に！

スプーキー　この子はクーチー・クーチー・クーじゃないよ、ピエール・サン・ピエール。このお嬢様の名前は「キチギーチャチャ」だ。ラララの語感と同じだ。かわいいだろ？

「観戦席」の上のほうに、ビッグ・ジョーイが入ってきて、マイク・スタンドの準備をする。ディッキー・バードが「WASY - FM」と書かれた大きな看板をもって入場。看板は誇らしげにマイク・スタンドの上に掲げられている。

ピエール　あーあ、この子は、「プッ！　プッ！」と言いだす前から、あの古臭え聖書を読んでるんだろうな。

ピエールは偶然にも赤ん坊の顔に唾をかけてしまう。スプーキーはピエールをしーっと言って追い払う。

スプーキー　「プッ！　プッ！」ってお前にも言ってやるぜ、ピエール・サン・ピエール。

クリーチャー　スプーキー・ラクロワとラララ、こいつらはサドベリーの総合病院には間に合わなかった。

スプーキー　俺は忙しかったんだ、ユージーン・スターブランケットを手伝ってサイモンの……

スプーキー／ピエール　安らかに眠れ……

ザカリー　あの立派な年寄りのロージー・カカペタムに、「産婆を引き受けてくれ」って、こいつらは頼んだんだ。それで引きうけてもらったわけさ。編物の進み具合はどうだ、クリーチャー・ナタウェイズ？

クリーチャー　キチギーチャチャ、俺の名づけたお嬢ちゃん、この子は間違った色を着せられてんだ。俺は一生懸命やんなくちゃな。

ピエール　（ディッキー・バード・ホークトに向かって大声で）裁判所への出頭なんか心配するなよ、ディッキー・バード・ホークト。俺がお前のそばにいて、あの老いぼれ判事にくそったれジュークボックスについて一つや二つは話してやるぜ。

スプーキー　（クリーチャーに）さあ。ララの初試合を見に行こうや。

スプーキーとクリーチャーは、ナナブッシュの止まり木の目の前にある、上部舞台の「観戦席」に大「試合」を見るために上がる。

ピエール　（手にしているクリップボードを読みながら、リストをチェックしている）それでは、ドミニク・ラドゥーシュ、ブラック・レディ・ホークト、アニー・クック、こがねむしのマクラウド……

ピエール、ビッグ・ジョーイのアナウンスのために、他の男たち同様に、急に話すのを止める。

ビッグ・ジョーイ　（マイクで）パッツィ・ペガマガボウさんが、療養中のサドベリーの総合病院から、声援を送っております。またワシー泣き女団の初ゴールがサイモン・スターブランケットの思い出に捧げられることを願っております……

クリーチャーとスプーキー、一方は編物をし、他方は赤ん坊を抱いて、ディッキー・バード、ビッグ・ジョーイとともに「観戦席」に立っている。ディッキー・バードとビッグ・ジョーイはマイク・スタンドのところに並んで立つ。ピエール・サン・ピエールは「リンク」の上で独特の滑り方で、「ウォーミングアップ」をしている。一方、ザカリー・ジェレミア・キーチギーシクは、アップルパイとのばし棒を手に持ち、パン屋の帽子をかぶっている。このとき、ホッケー場の騒音は、女性の嘆き悲しむ声と、パックが壁に当たっている音に突然変わり、広いがらんとした部屋の中で木霊しているようである。「アイスホッケーの試合」が進むにつれて、男たちの観戦、声援等の模様がますます夢のようになり、彼らの動きが徐々にスローモーションとなって、最後には、それぞれ暗闇に消えて行く。ザカリーは下部舞台の中を「夢遊病者」のように歩く。劇中の彼の足跡をさかのぼっているようである。ゆっくりと、ザカリーは身につけているものを一枚ずつ脱いでいく。しまいには、芝居の冒頭で寝ていたソファに裸で寝そべる。しかし、今度は、自分の家のソファの上である。ビッグ・ジョーイは中断されずに放送を続ける。

ビッグ・ジョーイ　……やってまいりました、レディース igwa《イグワ》［そして］ジェントルメン、やってまいりました、世界中で、もっとも美しく、愛らしく、死をも恐れないインディアンの女たち、ワシー泣き女団です！　さあ、背番号9番ヘラ・キーチギーシク、ワシー泣き女団の**キャプテン**、カヌー・レイク猛者《もさ》女団のキャプテン、9番のフローラ・マクドナルドと face-off《フェイスオフ》 igwa《イグワ》 itootum《イトータム》 asichi《アシチ》［フェイス・オフです］。さあ、soogi《ソーギ》 pagichee-ipinew《パギチェーイピネウ》 “particular《パティキュラー》 puck《パック》 referee《レフェリー》 Pierre《ピエール》 St.《サン》 Pierre《ピエール》［レフェリー、ピエール・サン・ピエールが「特別パック」を落とします］……

クリーチャー　ゴー、ヘラ、ゴー！　ゴー、ヘラ、ゴー！　ゴー・ヘラ・ゴー！……

クリーチャーはビッグ・ジョーイの実況放送中――そしてそれを受けて――ずっと声援を繰り返す。

ビッグ・ジョーイ　……igwa《イグワ》 seemak《セーマック》 wathay《ワサイ》 g'waskootoo《グワスコートー》［そして離れてゆきます］亀のようにのたのたと……

スプーキー　ワッシー　ワンス、ワッシー　トワイス。ホーリー、ジャンピング　ジーザス・クライスト！　リムラム。ゴッダム。ファック、サン・オブ・ア・ビッチ、シット！（注　声援の一種）

スプーキーはクリーチャーの声援に合わせて、ビッグ・ジョーイの実況放送中――それを受けて――ずっと繰り返す。

ビッグ・ジョーイ　……ヘイ、aspin《アスピン》 Number《ナンバー》 Six《シックス》 Dry《ドライ》 Lips《リップス》 Manigitogan《マニギトガン》, right-winger《ライト・ウインガー》 for《フォ》 the《ザ》 Wasy《ワシー》 Wailerettes《ウェイラーエッツ》, eemaskamat《エーマスカマット》 Number《ナンバー》 Thirteen《サーティーン》 of《オブ》 the《ザ》 Canoe《カヌー》 Lake《レイク》 Bravettes《ブラベッツ》 anee-i《アネーイ》 "particular《パティキュラー》 puck《パック》"［そしてワシー泣き女団のライト・ウイング、6番ドライリップス・マニギトガンが行きます、カヌー・レイク猛者《もさ》女団の背番号13番から「特別パック」を奪いました］

……

ディッキー・バードがクリーチャーとスプーキーの声援に合わせて歌い始め、脚を踏み鳴らす。ナナブッシュ／ガゼル・ナタウェイズの「ストリップ音楽」とキティ・ウェルズの『安酒場の天使を作ったのは神様じゃない』の数節が、「音のコラージュ」となるが、そのコラージュに、「ドン、ドン」という一定のたたくリズムが加わる。これらの音楽にもまして、ザカリーのハーモニカの音が響き渡って美しくその場に浸透し、芝居の中でのナナブッシュの登場の場を思い出させる。ビッグ・ジョーイ、中断せずに放送を続ける。

ビッグ・ジョーイ ……igwa《イグワ》 aspin《アスピン》 sipweesinskwataygew《シプウェーシンスクワタイゲウ》. Hey《ヘイ》, k'seegoochin《クセーゴーチン》! How《ハウ》, Number《ナンバー》 Six《シックス》 Dry《ドライ》 Lips《リップス》 Manigitogan《マニギトガン》 igwa《イグワ》 soogi《ソーギ》 pugamawew《プガマウェウ》 anee-i《アネーイ》 "particular《パティキュラー》 puck《パック》" ita《イタ》 Number《ナンバー》 Twenty-six《トゥエンティシックス》 Little《リトル》 Girl《ガール》 Manitowabi《マニトワビ》, left-winger《レフトウインガー》 for《フォ》 the《ザ》 Wasy《ワシー》 Wailerettes《ウェイラーエッツ》, katee-ooteetuk《カテーオーテートゥック》 blue《ブルー》 line《ライン》 ita《イタ》 Number《ナンバー》 Eleven《イレブン》 Black《ブラック》 Lady《レディ》 Halked《ホークト》, wha《ワァ》! defense-woman《ディフェンスウーマン》 for《フォ》 the《ザ》 Wasy《ワシー》 Wailerettes《ウェイラーエッツ》, kagatchitnat《カガットチトナット》 anee-i《アネーイ》 "particular《パティキュラー》 puck《パック》" igwa《イグワ》 seemak《セーマク》 kapassiwatat《カパシワタット》 Captain《キャプテン》 Hera《ヘラ》 Keechigeesikwa《キーチギーシクワ》 igwa《イグワ》 Hera《ヘラ》 Keechigeesik《キーチギーシク》 mitooni《ミトーニ》 eepimithat《エーピミサット》, hey《ヘイ》, kwayus《クワユス》 graceful《グレースフル》 Hera《ヘラ》 Keechigeesik《キーチギーシク》, mitooni《ミトーニ》 Russian《ロシアン》 ballerina《バレリーナ》 eesinagoosit《エーシナゴーシト》. Captain《キャプテン》 Hera《ヘラ》 Keechigeesik《キーチギーシク》 bee-line《ビーライン》 igwa《イグワ》 itootum《イトータム》 straight《ストレイト》 for《フォ》 the《ザ》 Canoe《カヌー》 Lake《レイク》 Bravettes《ブラベッツ》' net《ネット》 igwa《イグワ》 shootiwatew《シューティワテウ》 anee-i《アネーイ》 "particular《パティキュラー》 puck《パック》" igwa《イグワ》 she《シー》 shoots《シューツ》, she《シー》 scores《スコアーズ》...almost《オルモスト》! Wha《ワァ》! Close《クロース》 one《ワン》, ladies《レディーズ》 igwa《イグワ》 gentlemen《ジェントルメン》, kwayus《クワユス》 close《クロース》 one《ワン》.

「そして逃げます。なんと、飛ぶように滑っていきます! そして6番ドライリップス・マニギトガン、「特別パック」をワシー泣き女団のレフト・ウィング、26番のリトルガール・マニトワビに向かってパス。リトルガール・マニトワビ、ブルーラインに、真っ直ぐ向かいます。待ち構えますのは、なんと、ワシー泣き女団のディフェンス、11番ブラック・レディ・ホークト。ブラック・レディ・ホークト、「特別パック」を受けて、キャプテンのヘラ・キーチギーシクに真っ直ぐパス。ヘラ・キーチギーシク、ぐんぐん進んでいきます、まったく、これは優雅という他に何も言えません、ヘラ・キーチギーシク、まるでロシアのバレリーナのようです。キャプテン、ヘラ・キーチギーシク、今、カヌー・レイク猛者《もさ》女団のゴールにまっすぐに進みます。「特別パック」を打ったぁ、打ちました、得点……なるか！　わあ！　おしい、みなさん、本当におしい。ワシー泣き女団のライト・ウィング、ドライリップス・マニギトガンが、はからずも躓き、シュートを阻んでしまいました」……

ビッグ・ジョーイの声が、このときから次第に弱まり始め、クリーチャー・ナタウェイズが近づいてきて、怒ってビッグ・ジョーイからマイクを奪い取る。

ビッグ・ジョーイ　……How《ハウ》, Number《ナンバー》 Nine《ナイン》 Flora《フローラ》 McDonald《マクドナルド》, Captain《キャプテン》 of《オブ》 the《ザ》 Canoe《カヌー》 Lake《レイク》 Bravettes《ブラベッヅ》, igwa《イグワ》 ooteetinew《オーテーティネウ》 anee-i《アネーイ》 "particular《パティキュラー》 puck《パック》" igwa《イグワ》 skate-oo-oo《スケートオー オー》 behind《ビハインド》 the《ザ》 net《ネット》 igwa《イグワ》 soogi《ソーギ》 heading《ヘディング》 along《アロング》 the《ザ》 right《ライト》 side《サイド》 of《オブ》 the《ザ》 rink《リンク》 ita《イタ》 Number《ナンバー》 Twenty-one《トゥエンティーワン》 Annie《アニー》 Cook《クック》［さて、9番カヌー・レイク猛者《もさ》女団のキャプテン、フローラ・マクドナルド、「特別パック」を奪い、ゴールの後ろを滑りぬけて、リンクの右サイドに沿って進んでいきます。そこに待ち構えます21番アニー・クック」……

クリーチャー　（マイクに音が入らないように、マイクに近づき）ああ、くそ！　ああ、くそ！……

クリーチャー、マイクを摑んで話し出す。「サウンド・コラージュ」も含め、男たちの声がすべて、消え始める。

クリーチャー　……あのドライリップス・マニギトガン、あの女はひでぇもんだぞ、スプーキー・ラクロワ、俺は言った、何度も言った、あんなことはやっちゃいけねぇ、やっちゃいけねぇんだよ、あんな最悪なドライリップス・マニギトガンのやつなんか試合に出しちゃいけねぇんだよ、デブすぎんだよ、最近ますますデブってきてんだ、俺は言った、何度も言った、ドライリップス・マニギトガンなんてカプスケイシングに追っ払っちまえって、マジに追っ払っちまえよ、スプーキー・ラクロワ。俺は言った何度も言った、あの女なんてカプスケイシング追っ払っちまえ、ドライリップスなんてカプスケイシングに追っ払っちまえ！　ドライリップスなんてカプスケイシングに追っ払っちまえ！　ドライリップスなんてカプスケイシングに追っ払っちまえ！　ドライリップスなんてカプスケイシングに追っ払っちまえドライリップスなんてカプスケイシングに追っ払っちまえドライリップスなんてカプスケイシングに追っ払っちまえドライリップスなんてカプスケイシングに追っ払っちまえドライリップスなんてカプスケイシングに追っ払っちまえ。

そしてこの言葉も、次第に薄れていく。始めは囁き声で、しかも録音によって音量が上げられている。

それからゆっくりとした荒い息遣いのようになっていく。さらに、スプーキーの赤ん坊の泣き声が聞こえてくる。暗闇の中で続く、赤ん坊の泣き声と荒い息遣いの音を除いて、すべての（光と音）が消える。照明が再び点ると、ザカリーの家の居間となっている（すなわち、ビッグ・ジョーイの家のリビング／キッチンであった舞台装置だが、きれいに片づけられている）。ザカリーが横になっているソファには「スターブランケット（インディアンの星型の印のついた布）」のカバーが掛かっており、マリリン・モンローの等身大ポスターの上には、今は、以前にも登場した、ナナブッシュの大きなパウワウ祭りに使う踊り用のバスルが被せられている。テレビからは漫画の『スマーフ』のテーマ曲が流れている。ザカリーはソファに寝そべり、顔を下にして、全裸で、鼾をかきながら眠っている。番組がはじまると、テレビの中ではスマーフたちが嬉しそうに遊んでいる。ザカリーの妻、「実際の」ヘラ・キーチギーシクが、毛布にしっかり包まれた、赤ん坊を抱いて登場。ヘラは泣いている赤ん坊をあやしている。

ザカリー　（寝言で）……ドライリップスなんて……追っ払っちまえ……カプス……

ヘラ　プシーちゃんたら。

ザカリー　……ケイシングに……そんな馬鹿な話初めて聞いた……

ヘラ　あなた。（ソファにかがんで、ザカリーの尻にキスをする）

ザカリー　……なんてこったぁ、ヘラ、おまえは赤ん坊を産んだばかりだろ……（突然、飛び起きて、ソファから落ちる）サイモン！

ヘラ　まあ！　Keegatch《ケーガッチ》 igwa《イグワ》 kipageecheep’《キパゲーチープ》 skawinan.《スカウィナン》［まあ！　もう少しで私たちがひっくり返

るところじゃない。」
ザカリー　ヘラ！　俺のパンツはどこだ!?
ヘラ　Neee《ネー》, kigipoochimeek《キギポーチメーク》 awus-chayees《アウスチャイース》.「なに言ってんの、あなたのお尻の穴のすぐそばにあるじゃない。」
ザカリー　Neee《ネー》, chimagideedoosh《チマギデードーシュ》.（オジブウェー語）「ふん、臭せぇめんこめが。」（ザカリー、ソファに座り直そうと悪戦苦闘する）
ヘラ　（ザカリーの言葉遣いを正しながら、笑って）“ChimagideeDEESH《チマギデーデーシュ》.「臭い**まんこ**でしょ。」
ザカリー　わかってる。“ChimagideeDEESH《チマギデーデーシュ》”.「臭せぇ**まんこ**めが。」
ヘラ　いったい何の夢を見てたの……
ザカリー　（ようやくテレビを見て）おい、スマーフじゃないか！　あいつらはホッケーやってないぜ、くそー。
ヘラ　Neee《ネー》, machi《マチ》 ma-a《マーア》 tatoo-Saturday《タトーサタデェー》 morning《モーニング》 Smurfs《スマーフス》. Mootha《モーサ》 meena《メーナ》 weegatch《ウェーガチ》 hockey《ホッケー》 meetaweewuk《メータウェーウック》 weethawow《ウェーサウォウ》 Smurfs《スマーフス》.「ええ、もちろんよ。スマーフは毎週土曜日の朝にやってるわよ。だけど、アイスホッケーなんてしないわ、スマーフたちは。」はい、このお嬢ちゃんを抱いててね。（ザカリーに赤ん坊を渡し、隣に座る）すごかったわねぇ、昨日の晩の満月。大きなパックみたいだったわ、そうでしょ？　Neee《ネー》「まぁ」……

沈黙。ザカリー、赤ん坊をあやす。

ザカリー　（ヘラに向かって）なあ、カップ・ケーキちゃん。お前アイスホッケーをやりたいって思ったことあるかい？

ヘラ　とんでもないわ。左のオッパイでパックを受けるのがおちよ、neee《ネー》［まったく］……

しかし、ヘラは話しを止めて考える。

ヘラ　……アイスホッケー、ううーん……

ザカリー　（ひとりごと）おい、おい、おーい……

ヘラはザカリーの、空色のパンツを、クッションの下から探し出して手渡す。ザカリーは嬉しそうに掴む。

ザカリー　Neee《ネー》, magawa《マガワ》 nipeetawitoos《ニペータウィトース》…［あっ、俺のピンツだ……］

ヘラ　（ザカリーの言葉遣いを正しながら、笑って）“NipeetawiTAS《ニペータウィタス》”.［俺の**パンツ**、でしょ。］

ザカリー　わかってる。“NipeetawiTAS《ニペータウィタス》”.［俺の**パンツ**。］

ザカリー、親指と人差し指でパンツを赤ん坊の顔にぶら下げながら、笑う。歌を歌うように膝の上で赤ん坊を揺する。

ザカリー　Magawa《マガワ》 nipeetawitas《ニペータウィタス》.［俺のパンツだぞ。］ほらほら、俺のかわいい女神様、俺のところへ戻ってきたな。ほらほら、magawa《マガワ》 nipeetawitas《ニペータウィタス》［俺のパンツだぞ］……

パンツを放り投げ、両手で赤ん坊を抱いて、いとおしそうに赤ん坊の顔のそばで話す。

ザカリー　……Nipeetawitas《ニペータウィタス》. Nipeetawitas《ニペータウィタス》. Nipeetawitas《ニペータウィタス》, neee《ネー》［俺のパンツ、俺のパンツ、俺のパンツ、やったー］……

赤ん坊はついに毛布を「押しのけて」裸で出てくる。最後の光景は、裸のインディアンの赤ん坊を抱き上げている、裸の美しいインディアン男性と、その隣に座って笑って見ている妻である。ゆっくりと照明、フェードアウト。完全に照明が落ちてしまう前、ヘラは不思議な鈴をならしたような、澄んだナナブッシュのような、笑い声を響かせる。その笑い声は舞台袖から聞こえてくるハーモニカの魔法のようなアルペジオによって木霊のように繰り返される。最後に、暗闇の中で、赤ん坊の笑い声がする。録音されたその笑い声は大音量で劇場中を満たす。そしてこの笑い声も、消え、完全な静寂。幕。

謝辞

『ドライリップスなんてカプスケイシングに追っ払っちまえ』は、テアトル・パス・ミュライユならびにネイティブ・アース・パーフォーミング・アートによる制作で、一九八九年四月二十一日トロント、テアトル・パス・ミュライユにて初演された。配役は以下のとおり。

ナナブッシュ（ガゼル・ナタウェイズ、パッツィ・ペガマガボウ、ブラック・レディ・ホークトの精霊）	ドリス・リンクレイター
ザカリー・ジェレミア・キーチギーシク	ゲリー・ファーマー
ビッグ・ジョーイ	ベン・カーディナル
クリーチャー・ナタウェイズ	エロール・キニスティーノ
ディッキー・バード・ホークト	ケネッチ・シャーレット
ピエール・サン・ピエール	グレアム・グリーン
スプーキー・ラクロワ	ロン・クック
サイモン・スターブランケット	ビリー・メラスティー
ヘラ・キーチギーシク	ドリス・リンクレイター
演出	ラリー・ルイス
舞台装置、衣装デザイン	ブライアン・パーチャラック
照明	ステファン・ドロージ
音楽、演奏	カルロス・デル・フンコ

振り付け　ルネ・ハイウェイ
舞台監督　ヒラリー・ブラックモア
制作　デイビット・オーセン

右記の方々に深く感謝申し上げるとともに、戯曲作りのための奨学金を提供してくださった『プレイリー・シアター・エクスチェンジ』（ウィニペグ）と、公演のための最初のワークショップを開催してくださった『劇作家ワークショップ　モントリオール』に感謝いたします。さらに、本戯曲上演実現のためにお骨折りいただいた以下の多くの方々に心より感謝申しあげます。エリーヌ・ボンベリー、トレイシー・ボンベリー、グロリア・エシュキボック、アラン・ジャネロー、アルン・ヒバート、マックス・アイルランド、アモス・キー、レイモン・ラロンド、ポール・ルドゥ、『ネイティブ・カナディアン・センター・トロント』、ゲリー・フィリップス大臣（オンタリオ市民省大臣）、ブライアン・リッチモンド、マイク・サンデー、また、ショーン・ピーター・ケワクンドちゃんの祖父母（リタとピーター・ボンベリー）、並びに両親（ナンシー・ボンベリーとジム・ケワクンド）、そして毎晩、上演の終わりに素晴らしい驚きを与えてくれたショーン・ピーター・ケワクンドちゃん本人に感謝します。ショーン・ピータ・ケワクンドちゃんは生後五か月で、『ドライリップスなんてカプスケイシングに追っ払っちまえ』の最後の四分間、ザカリー・ジェレミアとヘラ・キーチギーシクの赤ん坊役を演じてくれた。

演出ノート

『ドライリップスなんてカプスケイシングに追っ払っちまえ』の初演時における舞台装置は本戯曲上演の参考となるだろう。

まず、舞台は上下の二層に分かれ、舞台下部は現実のワサイチガン・ヒルを再現している。舞台下部、上手側に、ビッグ・ジョーイの家の居間／キッチンがある。舞台奥にキッチン・カウンターがあり、部屋の前方に古い茶色のソファ、その前数フィートのところにテレビが配置されている。このテレビセットは森の場面において小さな岩に兼用されるよう作られている。舞台の下手側にはスプーキー・ラクロワの家のキッチンがあり、キッチン・カウンター（ビッグ・ジョーイの家のキッチン・カウンターと兼用可能）、テーブル、椅子が置かれている。

この舞台装置前面はオープン・エリアとなっている。床面には氷のように見えるテフロンが敷かれており、本物のスケート靴を履いて、実際にスケートができる。ここはアイスホッケー・アリーナの場面のリンクとなる。照明効果によっては、ここはワサイチガン・ヒルの村を囲む、木の葉の落ちた冬の森に変わる。さらにこのエリアには最初から突き出た大きな岩があり、たとえば、ザカリー・ジェレミア・キーチギーシクとサイモン・スターブランケットの出会いの場となる。この岩は物語の鍵となる場面で光を放つよう作られている。二幕の「窓」のある、ピエールの「酒密売の小さな家」は照明効果で創り出される。

舞台上部はもっぱらナナブッシュの領域である。主な装置はナナブッシュの止まり木で、舞台中央に据えてある。この止まり木は、実際には六〇年代終わり／七〇年代始め頃に製造された古いジュークボックスである。上演中は半ば隠された状態で置かれているが、必要な場面では素晴らしいジュークボックスとして完全な姿を見せる。このとき求められるのは、ワサイチガン・ヒルの村全体にかかる、強固な忘れられない思い出のように、夜の大気の中に流れる魔力に満ちた、神秘的なジュークボックスの演出効果である。止まり木の背後の上には満月がかかり、夜の戸外の場面にのみ輝く。このエリアの他の演出効果も照明によってなされる。舞台上部の前面は、へりに沿って、ホッケー・アリーナの場面の観戦席としても使われる。

舞台上部と下部は簡単に行き来できる。

『ドライリップスなんてカプスケイシングに追っ払っちまえ』の音響は主に舞台脇での、ハーモニカの生演奏によって構成される。ハーモニカ演奏の夢のような情景は、ブルース調のザカリー・ジェレミア・キーチギーシクの理想化されたハーモニカを吹く姿と終始組み合わされる。巧くはないが、演奏が求められる数場面で、ザカリーは理想的にハーモニカ演奏をしてみせるが、このハーモニカの音はさまざまな姿で何度も登場するナナブッシュの魔法のような出現を予告したり、強調したりするのに最も効果的に使われる。

二幕の終わり近くで登場するスプーキー・ラクロワの赤ん坊は、布でくるまれた人形で代用することも可能だが、最大効果を得るには、幕の最後に登場するザカリーの赤ん坊は、本物の、できれば生後五か月の赤ん坊が望ましい。

最後に、クリー語とオジブウェー語が戯曲の中で自由に使われているが、これは同じ語族に属す両言語がとても似ており、さらに架空のインディアン居留地ワサイチガン・ヒルはクリーとオジブウェーの両住人から成り立っているという設定からである。

注　クリー語とオジブウェー語は、括弧付きで翻訳されている。

ナナブッシュについて

北米インディアン神話の想像世界にはとてもファンタスティックな生き物や、物、出来事が存在する。その第一のものはトリックスターである。これはキリスト教神話におけるキリストと同様に、インディアン社会では極めて中心的かつ重要な象徴である。このトリックスターは、クリーの「ウェーサゲーチャック」、オジブウェーの「ナナブッシュ」、他の部族の「レイブン」、「コヨーテ」などのように、さまざまな名前、姿で知られている。トリックスターは実際、自分の選択するどんな姿にも変装することができる。本来トリックスターは滑稽で、道化的なものであるが、われわれ人間に自然と地球上の全存在物の意義について教える役目を担っている。それゆえ、トリックスターは人間と、神すなわち部族主《グレート・スピリット》神の両者の意識を具えている。

北米インディアン言語とヨーロッパ言語のもっとも顕著な違いはインディアン語（たとえば、クリー語とオジブウェー語）には、性の区別をする語がないことである。クリー語とオジブウェー語などには、英語、フランス語、ドイツ語と違って、男性―女性―中性の言語階層がまったくない。そこでこの思考体系によれば、われわれの神話――神学といってもよいが――における中心的な英雄像は、理論上、男でも女でもなく、同時に男女両方の性を持つものとして存在する。ゆえに、私の前作『居留地姉妹』のナナブッシュは男であり、『居留地姉妹』の「裏面」であるこの作品のナナブッシュは女なのである。

白人がやって来たときナナブッシュはこの北米大陸を去ったという人がいるが、少々傷ついていても、変装して、彼女/彼は依然としてわれわれの中に存在していると私たちは信じている。この特別な象徴が絶えず存在していなければ、インディアン文化の真髄は永遠に失われてしまうだろう。

訳者あとがき

トムソン・ハイウェイ氏はカナダ、ストラットフォードでの訳者とのインタビューで、『ドライリップスなんてカプスケイシングに追っ払っちまえ』の執筆動機は「女神の再来」であると語った。「キリスト教以前には、ギリシャ神話をはじめ、神話にはたくさんの女神が存在していた。インディアン神話もそうである」と語るハイウェイは、この作品で、ガゼル、パッツィ、ブラック・レディの三人の女性に変容する、北米インディアン神話で極めて中心的かつ重要な存在であるトリックスターのナナブッシュを登場させ、インディアン居留地の七人の男たちに代表される、一神教のキリスト教が作り上げた「家父長制的な」世界に果敢にも挑戦したのである。

従来、先住民作家は、支配者、被支配者という二元的な構成で、悲劇的存在として先住民を描いてきたが、ハイウェイはギリシャ神話の女神たちを、ガゼル（愛の女神、アプロディーテ）、パッツィ（戦の女神、アテナ）、ブラック・レディとヘラ・キーチギーシク（豊穣多産の象徴であるヘラ）にパロディー化して投影し、キリスト教神話、マザーグース、クリー語、オジブウェー語、フランス語、英語などをシンボリックに用いて、ハイウェイ一流の風刺的ヒューモアの効いた一見ドタバタ劇に作品を仕上げている。しかし『ドライ・リップスなんてカプスケイシングに追っ払っちまえ』の多重的構造が語るものは、二十一世紀には消滅してしまう恐れのある、インディアン文化、民族そのものの存続をはかろうとする先住民作家の切ないほどの願いなのである。

トムソン・ハイウェイは、一九五一年、北極圏に近い北マニトバのインディアン居留地に生まれる。北米最大の部族といわれる狩猟部族クリー族出身。六歳までクリー語しか話せなかった。その後、カナダ政府がとった悪名高き白人同化政策のためにローマ・カソリック教会が運営する寄宿舎学校に入れられ、親元から離される。高校入学後は転々と白人家庭に里子にだされる。

ハイウェイは高校時代から音楽に興味を持ち、大学では音楽の勉強をし、卒業後はピアニストとしてキャリアを積んでいく。しかし、演奏のおりに訪れた各都市での先住民の悲惨さを目の当たりにして、白人社会と、出自である先住民社会に接点を見出せず、ピアニストとしての道を捨て、先住民の社会福祉事業関係の事務所で働くことになる。その間、作家たちとかかわるようになり、自らも八〇年代初め頃から創作を始めた。

最後に、カナダ演劇に関心を示していただき、刊行に踏み切ってくださった、而立書房の宮永捷氏の英断、戯曲のフィニッシュワークに協力いただいた劇作家の吉村八月氏、また訳者の度重なる質問に面倒がらずに答えてくださった日系二世のセツ・シゲマツさんとトムソン・ハイウェイ氏の協力なしにはこの翻訳は完成しなかった。あらためて感謝します。

本書刊行に際して勤務校の明治学院より、「二〇〇〇年度明治学院大学学術振興基金出版補助」をいただいた。この場を借りて感謝したい。

二〇〇一年一月

上演記録

■於　シアターχ

■　二〇〇一年三月一日（木曜）～四日（日曜）

■スタッフ

作・作曲　トムソン・ハイウェイ
翻訳　佐藤アヤ子
演出　和田　喜夫
美術　加藤　ちか
照明　沖野　隆一
音響　青木タクヘイ／荒木まや
振付　平野弥生／Jocelyne Montpetit
衣裳　梶山　知子
舞台監督　上村　利幸
演出助手　青柳敦子／福本冴子
宣伝意匠　高崎　勝也
写真　梅原　渉
記録　上野亮／都賀暁野
制作　上田　郁子

■キャスト

ナナブッシュ（ガゼル・ナタウェイズ、ブラック・レディー・ホークトの精霊）　平野　弥生
ナナブッシュ（パッツィ・ペガマガボウの精霊）　猪俣　佳子
ザッカリー　下総源太郎
ビッグ・ジョーイ　池田火斗志
クリーチャー　ロバート山田
ディッキー　平松　篤
ピエール　悪源太義平
スプーキー　川中健次郎
サイモン　池下　重大
ヘラ　出口　恵子
〔ダンス　Jocelyne Montpetit〕

トムソン・ハイウェイ（1951－）
カナダ，マニトバ州北部に生まれる。クリー族出身。マニトバ大学で音楽，ウェスタン・オンタリオ大学で音楽，英文学を学ぶ。80年代初め頃から創作を始め，『居留地姉妹』，『ドライリップスなんてカプスケイシングに追っ払っちまえ』はいずれもドーラ・メイヴァー・ムーア賞を受賞。『毛皮の女王のキス』（1998）で小説家としてもデヴューした。

佐藤アヤ子（さとう　あやこ）
明治学院大学文学部助教授
明治学院大学大学院博士課程修了
ブリティッシュコロンビア大学客員研究員
主な著書『J. D. サリンジャー文学の研究』（共著，東京白河書院）
主な訳者『一九二四年，ハプワースの16日目』（共訳，東京白河書院）
『同一性の寓話』（共訳，法政大学出版）他

ドライリップスなんてカプスケイシングに
追っ払っちまえ

2001年2月25日　第1刷発行

定　価　本体1500円＋税
著　者　トムソン・ハイウェイ
訳　者　佐藤アヤ子
発行者　宮永捷
発行所　有限会社而立書房
東京都千代田区猿楽町2丁目4番2号
電話 03（3291）5589／FAX 03（3292）8782
振替 00190－7－174567
印　刷　有限会社科学図書
製　本　大口製本印刷株式会社

落丁・乱丁本はおとりかえいたします。

ISBN4－88059－276－5 C0074
装幀・神田昇和